读印随笔

寓真 著

山西出版传媒集团
三晋出版社

收藏吟

黄昏自酌半杯凉，书画闲观鉴印章。
莫道人心皆不古，残编断简好收藏。

赠友人

味尽功名两字难，回头风月十分宽。
伯牙虽以能琴著，未遇知音总不弹。

此中有真意
边款:丁未九月石谷治印
(文见《自序》)

贞松千古秀　文彭
嘉靖廿四年花朝既望偶作
（文三一）

板桥道人观识
（文七〇）

耐可（吕留良）款：
天地入胸臆
文章生风雷

陈鍊镌款：
不欲诒人贪客过
惯迟作答爱书来

（文三〇）

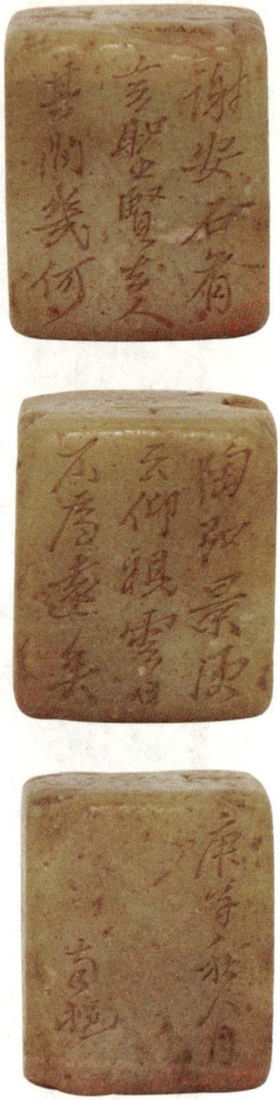

高凤翰边款：

谢安石有言，圣贤去人其间几何

陶弘景便云，仰视云日不为远矣

庚子秋八月　南邨　（文三三）

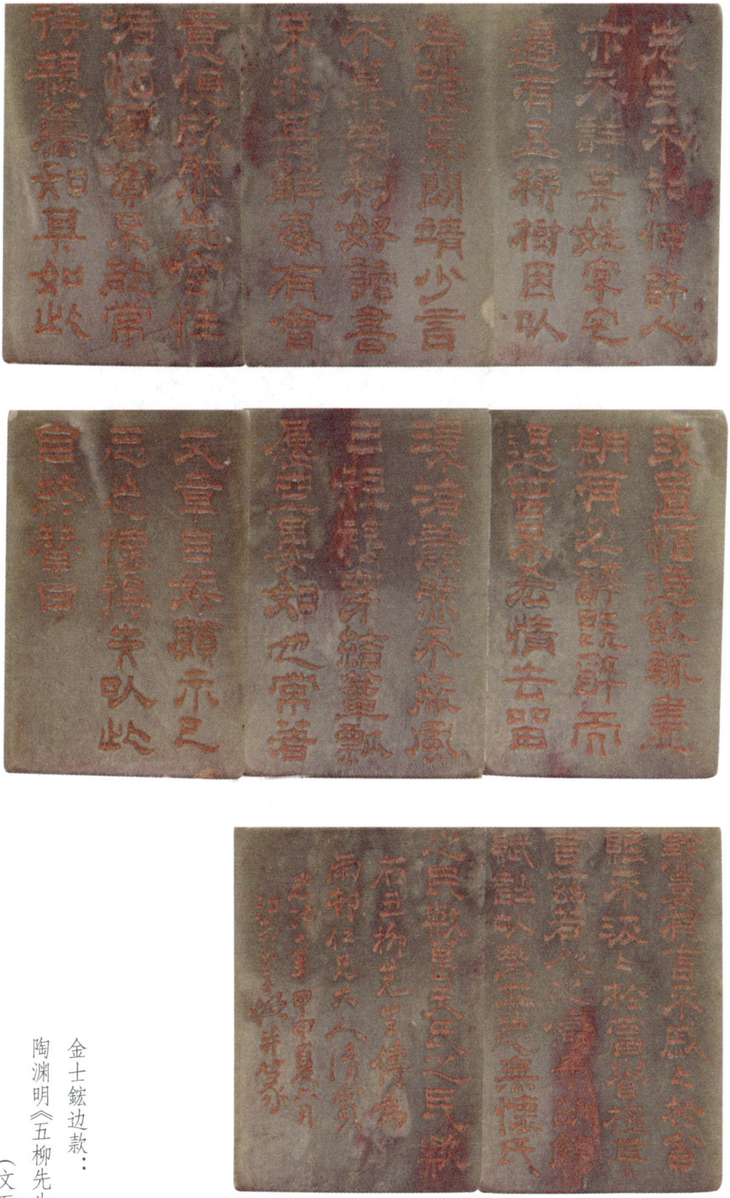

金士鋐边款：陶渊明《五柳先生传》（文五九）

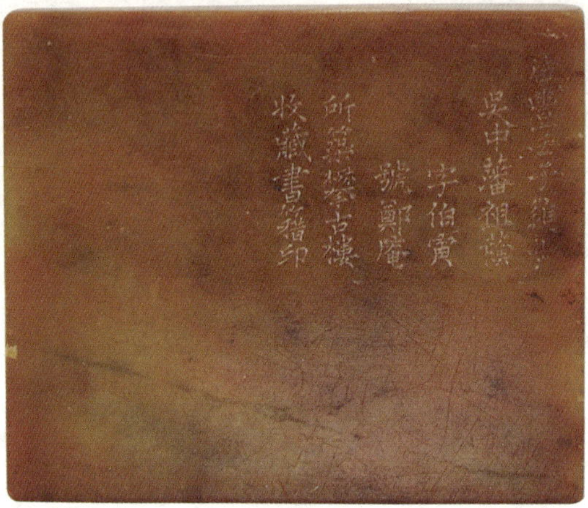

咸丰壬子进士
吴中潘祖荫
字伯寅号郑庵
所筑攀古楼
收藏书籍印
（文六六）

此中有真意(自序)

平生好读书,而今目力不济,偶尔发觉读印胜似读书。

何谓读印?把玩印章也。原来以为印章只是小小一方石头,区区几个文字,读进去才知道,那里边有的是好文章。

唐代《通典》说:“三代之制,人臣皆以玺玉为印,龙虎为钮。”可知我国印章出现的年代很早。到了战国秦汉时期,公私用印已成风尚。迄今两三千年以来,印章用途日广,篆刻日益精湛。不要以为印章就是当今文件上那种一副面孔的公章,看看那些古玺,看看以前文人的篆刻,我们中华文化的许多精粹,竟然浓缩在方寸之间。

国人对石文化情有独钟,而明代以来,以石治印的文人篆刻盛行,印石有了特殊的荣宠。印章不仅有文字篆刻,而且兼有图案雕饰,可以创作印款、印钮、薄意艺术,诗、书、画融合一体,而使印石之美臻于妙境。

印章的篆刻，是书法的精致形式。篆刻家以刀为笔，在金石上书写出惟妙惟肖的作品，其字法、篆法、章法、刀法，技巧丰富，艺术多姿，分朱布白，气韵生动，美不胜收。

凡优秀的篆刻家，也是书法家，也是诗人，属于学养丰赡的文化人。刻在印章上的名篇名句，或者是篆刻家自己创作的妙文警语，或文采斐然，或哲理深邃，往往是传统文化精华的提炼。

我们小时候，师长总会教给一些唐诗宋词，一首一首背诵。那些诗词的背诵，不只是使我们增长了知识，重要的是那些诗词中蕴含的文化乳汁，不知不觉中滋濡了少年的灵魂。

可惜的是，我们成年以后，不再去复习那些诗词，许多曾经背熟的诗篇都已忘却。生活负担的重压下，我们可能会变得越来越俗气，距离唐诗宋词的那种意境越来越远，几乎沉陷在名利琐事和纷争烦恼之中，似乎越来越没有文化了。

假如能够一直保持着少年时代的心境，仍然坚持每天背诵一篇古诗，也许就不会成了一个俗气的人，就会保持着高雅的气质，像我们许多先贤那样，进退审时，宁静自得，是不是就不至于烦事缠身呢？

读印的意思，其实就像诵诗一样。每一方精美的篆刻，其实就是一首好诗。如果我们每天欣赏一方印章，是不是也就等于每天背诵了一首诗词呢？

其实，一个人的文化修养，并不是来之于名流大儒的高谈阔论，而是从点点滴滴的阅读中积累起来的。

笔者自从爱上读印以来，馀暇常往古玩市场上寻觅，手边的小石渐渐丰盈起来。现在将多年间摩挲这些小石的感受，略作梳理，写了若干随笔闲文，以与读者交流心得，也是希望大家对这种小品之物能够寄予关注。

几年前某秋日，应友人约，往晋城小住。偶过市场，购一寿山石印章，篆文“此中有真意”，为陶渊明诗句，甚洽我意。回来细看，才注意到边款曰：“丁未九月，石谷治印。”不禁为之一惊。石谷不就是清初山水画大家“四王”之王翚吗？名人之作如何流落在这偏僻之处呢？之前从未见过王翚篆刻，难道此印是赝品？然而，其文字结篆盎然有古意，从石品、刀品整体观之，均不似近人所作。

陶渊明此句，出自《饮酒》第五首，诗曰：“结庐在人境，而无车马喧。问君何能尔，心远地自偏。采菊东篱下，悠然见南山。山气日夕佳，飞鸟相与还。此中有真意，欲辨已忘言。”

既爱此诗，篆刻是否王翚真迹也不必再辨，因为此中有真意,欲辨已忘言了。

这本随笔集子中所涉及印章，均为明清以至民国时期的文人篆刻,优劣不计,凑数三百馀方。对于诸印篆刻的高下,研究是很肤浅的,此中有真意却是真的。

目 录

室名别号的文化意蕴 …………………………… 183

精警印语　读悟人生 ······ 255

山右的古旧印章

一　在地摊上寻觅文化

笔者所收藏的印章，多半由古玩市场淘来，少数是藏友转让。佳品虽然是偶尔觅得，工夫却是下了很多的，正如宋词所云："众里寻她千百度，那人却在灯火阑珊处。"

在太原南文化宫的广场上，每逢星期日地摊开市，人来八方，物陈满地，比肩接踵，喧声一片。业已二十多年，这处古玩集市长盛不衰，虽不如北京潘家园规模之大，却也名闻遐迩，在全国文物收藏界颇有重望。我跑地摊，就是先在这个场子上跑起来的。后来也逛潘家园，也利用到外地差旅的机缘，看过多家城市的文玩场所。最后估算下来，还是数在太原南宫的收获较为丰硕。因此之故，将手头的东西作了大致编次，不惮卖弄之嫌，还是先从山西本土的古旧印章写起。

悠久而醇厚的山右文化，近代以来遭遇是很不幸的。战争的惨烈重创，以及随后频繁的政治运动，使文化艺术的传统经常弃之如敝帚，遗世的图书文献、书画作品损失甚多，篆刻之类更是

菊花须插满头归

无人看重。现在还能见到的山西前贤的篆刻作品，实在已经寥若晨星了。

对于印章的收藏，大多藏家眼中看的是石材，田黄当然是稀有之宝，其次便是昌化鸡血、寿山芙蓉，青田石则要灯光冻、封门青，那都是一些昂贵的品种。笔者所收藏、看重的是篆刻艺术，名家固然可贵，即便不是名家，好的篆刻、精美的文字也是弥足珍贵的。没有名款的章子，加之石材较差，得来自然便宜，那几年大抵是几十元的价格。只要篆刻好，越是花钱少，越让人欣慰，一些过去民间人士镌刻的印章也往往耐人寻味。

譬如这两枚旧章，山西当地杂石，随形，除了印面刻字，没有任何其他雕琢。“菊花须插满头归”，出自杜牧《九日齐山登高》一诗。“柴门临水稻花香”，是唐代许浑的诗句，《红楼梦》第十七回写到为大观园题匾额的情事，贾宝玉说道：“又有古人诗云‘柴门临水稻花香’，何不就用‘稻香村’的妙？”

柴门临水稻花香

篆刻者选了唐诗名句，用粗犷老辣的刀法，刻在随形的石块上，似很野放，却是野中有秀，表现了一种淳朴的自然美，完全吻合了原诗的意境。

地摊上这些不引人注意的小东西，不也值得玩爱吗？

二　太行山里有奇士

曹操的《苦寒行》这首诗中写道："北上太行山，艰哉何巍巍。羊肠坂诘屈，车轮为之摧。"羊肠坂其地，即在山西壶关县。

清代乾隆年间，壶关有一读书人叫王奇士，曾任霍州学正。此人名如其人，真是一个奇士。《晚晴簃诗汇》卷八九中，有其诗作，并简介说："王奇士，字法庵，壶关人，乾隆庚辰举人，有《东庄诗草》。"

曾经出任民国总统的徐世昌，晚年居住天津，以诗文翰墨遣兴，集结了一个"晚晴簃诗社"。《晚晴簃诗汇》是他主持的一部清朝的诗选集。其中收录王奇士的一首诗，即是五言律诗《秋夜》：

露冷栖鸦寂，风高候雁鸣。
那堪多病客，复此遇秋声。
急水喧汾涨，寒砧静霍城。
情深荒署月，犹作故乡明。

王奇士印

法庵

诗中描写了一个寒秋的萧冷情景，那是在汾河畔的霍州城中，诗人自谓"多病客"，望着署衙上空的寒月，仿佛是故乡的月明之夜，思乡之情油然而起。

王奇士另有《送郎地山学博之任大同》一诗，笔者见之于《云中古代诗集注》一书。郎地山又名郎克谦，也是壶关人，乾隆进士，曾任大同教谕。教谕、学博，即是管教育的官员。郎地山前去大同任职之时，王奇士写诗为他送行。诗中写道："绝塞人烟少，雄关立马看。"刻画当年雁门的边塞风景，诗句堪称精绝。

由上述两诗，即可窥见王奇士的才气。徐世昌选诗绝不轻易取之，王奇士能以入选，可证其诗非是等闲之作。也应感谢《晚清簃诗汇》选编者慧眼，才使我们今天可以略知王奇士其人，因为除了上述零星资料之外，即使在其壶关故里，也无任何记载可稽。山西文化史料毁坏之严重，此亦一证。

在他的诗文墨迹湮灭殆尽之后，竟有他自篆的一组印章尚

王奇士印

法庵

东崖主人

东崖奇士之印

翰墨足以适情

且存世，也算是万幸的事情。笔者在地摊上购得这组印章，大小不等，共为八方，兹举其中五方如下：

㈠、㈡对章：白文“王奇士印”，朱文“法庵”。均是边长 4.2 厘米的较大方章。

㈢“王奇士印、法庵”，双面印。白文印，四角留红，布局颇佳。

㈣亦双面印，白文“东崖奇士之印”，朱文“翰墨可以适情”。

㈤朱文别号印：“东崖主人”。

除一方闲章之外，其他为名、字、号。其篆法不一，大章尤其粗犷，白文用了破笔法，朱文用了斑铜法，在乾隆时期的印章中，像这样苍健的篆法并不多见，似乎拙有过而巧不足，反不如他的小章雅秀。“东崖主人”印，左虚右实，“人”字形成虚角，可谓别具匠心了。

三　父为子篆长寿印

清代山西名贤祁寯藻，字叔颖，又字淳甫，寿阳人。嘉庆十九年进士，曾任兵部尚书、户部尚书、军机大臣、大学士兼礼部尚书。其诗文书法皆卓然大家。但说到祁寯藻的篆刻，却让人感到陌生，难道他就不曾捉刀结篆吗?寿阳祁家是清代著名的文化世家，诗书画印本有家学渊源，祁寯藻的篆刻应该是与他的书法相匹配的。

笔者在市场上觅得一方小印，印文“世长长寿”四字，边款是：

祁门爱子世长持　道光十七年　丁酉新岁篆　父

按照印文和边款的意思，显然是祁寯藻为他的爱子祁世长刻的一方章。令人不解的是，印文内容是祈祐长寿的意思，父亲给儿子祈寿似不合常理。因此，当初认为此印可疑，几将视为赝

世长长寿

品。搁置很久之后，偶尔拿起来研究，才从年款上找到了玄机。丁酉是何年？清道光十七年，即 1837 年，祁寯藻这年四十五岁。他生于 1793 年，二十二岁中进士，四十五岁正当强仕之年，声华愈茂的时候。祁世长生于 1825 年，岁次乙酉，属鸡，丁酉又逢鸡年，即十三虚岁。以前过年不叫春节，春节的叫法是民国以后才有，清朝那时叫元日、新岁。“丁酉新岁”正是祁世长第一个本命年的那个春节。

这方印章，原来是父亲为儿子本命年所制的一件贺瑞之物。

按照民间习俗，本命年春节要带红兜肚、系红裤带，用意是祈福免灾，有的地方称为“长命腰腰”。过去幼儿戴的项锁，上面都刻有“长命富贵”一类的吉言。十三岁本命年又有开锁之俗，这时要送给孩子一些吉祥物品，开锁吉物上也会有刺绣或书写的长命祝语。祁寯藻篆刻的这一方“世长长寿”的印章，玲珑小巧，印石中腰带红，它应该还配有一个雅秀的荷包。印石装在荷包中，系于腰间，可以作为护持安福的随身之物。《红楼梦》中贾宝玉就佩有荷包，该书第十七回写到宝玉时说："从里面衣襟上把所系荷包解下来了。"照此推测下来，祁寯藻赠给爱子的这件本命年瑞物，就比一般人家显得高雅了。

此印文字结构紧密，左白文、右朱文，相映成趣。朱文"世长"二字，"长"字右下二短横表示重复。白文"寿"字占了半边，笔画平整，分布匀称。"世"字右边一竖故作弯曲，和下面的"长"字形成对称。左上、右下不留边栏，尤为妙着。总体上看，印面很满，但又毫无拥簇之感，非大家手笔难以有此效果。

四 翁大年篆赠乔松年

“乔松年”印，三字，白文。

边款：“时在甲子，翁大年敬上。”

乔松年生于清嘉庆二十年(1815)，山西徐沟(今清徐县)人。字健侯，号鹤侪。道光十五年，时二十一岁进士及第。咸丰年间历任松江、苏州知府，曾协助两江总督怡良，平定小刀会起义，以功擢常镇通海道员，迁两淮盐运使。同治年间，历任江宁布政使、安徽巡抚、陕西巡抚，剿歼捻军作战期间，因病解职。病痊后，授河东河道总督。其由军事生涯，转向治河工程，近二十年间为清朝耽竭所能，以至身心交瘁。光绪元年(1875)病逝，朝廷追封其为太子太保，谥以“勤恪”的美誉。

在三晋历史人物中，乔松年称得上是一个有作为的名宦，光绪《山西通志》及《清史稿》均有其生平记述。徐沟金河书院，是现在清徐县金河中学的前身，大约在1863年前后金河书院落成，当时乔松年正在安徽寿春指挥作战，拨冗撰写了《新建金河书院

乔松年

记》一文，足见其对家乡教育的关怀。

篆刻家翁大年，生于清嘉庆十六年(1811)，江苏人。《广印人传》称他“笃嗜金石考据，刻印工秀有法”，有多种著述存世。“乔松年”印刻于甲子年，即是同治三年(1864)。当时乔松年正在江宁布政使任上，相当于现在的江苏省省长。翁大年是时五十四岁，艺术上早已成名，一个篆刻名家特意为本省的行政长官治印，应在情理之中。

三字印在汉印中已有之。三字如何布局，是需要篆刻家精心构思的。这方白文印，仿汉印篆法，下刀笔笔苍劲，整体高古浑穆。左边一个“乔”字，字体古拙，与右边“松年”二字保持了衡平状。

推想此印，当时应是一对，惯例是一方白文名章，一方朱文字号章。但现在见到的只此一方，历经一个半世纪，能够保留一方也算有幸了。别有意趣的是印钮。此印之钮的雕刻以荷花为主，譬喻清廉，而又在莲叶之间巧妙镌刻了两只可爱的小鼠。恰是甲子年，鼠即是子，莲与子相配，又可解为“连生贵子”，美意尽在其中矣。

五　娄道南书画印

清代翰林娄道南，字信吾，号简斋主人，万荣南张乡西张瓮村人。咸丰二年进士，散馆改直隶省武邑知县，又调任曲阳知县。勤于政事，执法严信，据传有“娄青天”之赞誉。辞官后返故里，于汾城主讲龙门书院，并编撰《太平县志》。工书翰篆刻，人称其书法“筋丰、骨干、肉净”，又有道是“点点如桃，撇撇像刀，结体方正，布局灵俏”。

据传曾有陕西巡抚、进士郑某，为娄道南写寿联曰：“三步功名荣东晋，一笔文字压西秦”。清代历任陕西巡抚中，郑姓者只有郑英棨，此人字兰坡，是著名词人、金石书画家郑文焯的父亲。郑兰坡调任陕西之前，曾任河南巡抚、署河东河道总督，其时娄道南在太平县做龙门书院山长，他们是有机会过从的。郑兰坡年龄长于娄道南，郑抚陕之时，娄方不惑之年，然古人亦有祝四十寿例，古诗中不乏此类作品。娄道南四十或四十五岁时，有幸获巡抚青睐，并非不有可能。但他的书法以晚年名声更著，有说寿联

娄道南书画印

是为他七十八岁寿辰所作,作者何人便成为疑问。寿联无论何人所赠,的确是写得很不错的,上联概括其政绩,下联标榜其文字,“一笔文字压西秦”是指娄道南书法在陕西之影响,评价可谓高矣。

娄道南的书法作品,尚有存世者,近闻所临《兰亭序》的楷书册已影印出版。

笔者收藏一方印章,印文为“娄道南书画印”,边款曰:“癸巳年三月,旧石失去,因重制。简斋主人自记”。

癸巳年是光绪十九年(1893)。卢道南生于 1823 年,卒于 1900 年。刻这方印时已届古稀高龄。

这是他的一方书画用印。可知他不仅作法书,而且也绘画,晚年仍然能捉刀篆印。然而,至今没有发现他的画作;篆刻呢,笔者只觅到这一方,他人是否另有收藏,也未可知。

这方印章随形,无钮,朱文,结体紧密,韵味沉厚。小篆书写,能于方整中见流动，只有左下角的“印”字，随其石形，稍有变化。这种篆刻虽然循规蹈矩，但又毫无板滞之感，功力自在其中。

当今作印者，动辄就想创新，就想突破，但又缺乏基本功底，所制不免一片浮躁之气，绝无美感，岂不令人厌恶。笔者以为，离经叛道、自命不凡者，还是静下心来，学学古人，先从规矩做起为宜。

六　幕僚赵烈文印遗山西

晚清著名幕僚赵烈文，字惠甫（惠父），号能静居士，江苏常州人。少有才名，值湘军与太平军作战之年，受人引荐，充任曾国藩幕僚。当时赵烈文与曾国藩议论时局，赵预言说清朝“不出五十年”将要颠覆，出现“方州无主，人自为政”的乱局。果然在四十多年后发生辛亥革命，清朝之速亡竟被其言中，其人之睿智，一言可鉴。所著《能静居士日记》五十四卷，原稿今在台湾，记录曾国藩言论行状甚详，为研究太平天国历史的重要史料。

曾国藩之弟国荃，于清光绪二年（1876）任山西巡抚。赵烈文又作为曾国荃的幕僚，相随入晋，居太原有年。

曾国荃抚晋期间，遭遇特大饥荒，饿殍遍野。史书说他“力行赈恤”“活饥民六百万”，不过谀辞而已。然有一事值得称道，即是曾国荃于光绪五年，延聘名儒，修撰通志，因得人而有成。嗣后完竣的光绪版《山西通志》，被誉为“斐然可列著作之林”的国内模范志书。赵烈文身为巡抚的幕僚，又笃勤于文史，于此事不无推

能静图书

烈文之印

惠父寓目

助之功。

有得之于太原市场的三方旧印，无疑是赵烈文当年读书作文及藏书所用。一曰“能静图书”，边款：“能静图书，惠父仁兄索篆，乙亥春正月，甫汪。”二曰“烈文之印”。三曰“惠父过目”，边款：“惠父过目，庚午夏五月，甫汪篆。”

篆刻者甫汪，是赵烈文的友人，身世不详。观其印风，似宗皖派者，刀法颇凝重。

庚午是同治九年（1870），乙亥是光绪元年（1875），印章镌刻时间在赵烈文莅晋之前，可见是他随身携来之物。尔后他寓居江苏常熟，今常熟有赵园为名胜，其中建有“能静居”、“天放楼”。三方印章为何流落山西，藏于何人，已无从考证。

另有“天放楼”一印，正方形，边长 4.5 厘米。此印原无边款，被现在刻章的俗人填了假款，冒充名家制作，字迹拙劣，只好磨掉。天放楼是赵烈文的室名，视此印老化程度和篆写风韵，确属

天放楼

清代之物，或亦为赵烈文当年所用；但与前三枚章不是同一出处，笔者不敢轻易断定，一并载之于此，以待方家慧眼鉴识之也。

七　公方不曲的陈敬棠

近代乡贤陈敬棠，字芷莊，山西忻州人。二十岁中秀才，入民国后，历任省议会议员，国会参议院议员，省财政处处长，省政府委员，省营业公社主任，省文献委员会常委。他竭力支持阎锡山推行新政，编有《六政辑要》、《村政辑要》。并整理出版《观我斋遗诗》一卷，《六书存稿》十七卷，《秀容诗文存》十四卷，及其他文献。

1937 年抗日战争爆发之前，陈敬棠因病请假归里。不幸遇忻州沦陷，不肯蒙耻降日，而与家人一起服毒自尽。其全家老幼十人服毒，仅二人获救生还，壮烈若此，令人联想到续范亭在南京剖腹明志，可知山西士人世尚气节，名不虚矣。

有陈敬棠印章两方，一方白文为其字："芷莊"；另一方朱文，是闲章，文为："天性嫉恶，公方不曲。"这方闲章，表达了他坚持正义、疾恶如仇的正直品格。

唐代诗人韦应物有诗句说："拙直余恒守，公方尔所存。"清

芷庄

代纪晓岚的《阅微草堂笔记》中有云:“公直者为阳，私曲者为阴。”“公方不曲”的意思,即是公正、方直,心无私曲,行不阿谀。正是由于陈敬棠素有精神陶冶，在疯狂的侵略者面前才能表现民族大义,毅然捐身殉节。

闲章的四个侧面,刻满文字,楷体字迹,内容是为人处世的格言,大致为阎锡山的言论:

> 为人不可有伤身体、损人格的嗜好,更不可有犯法律、背人情的行为,吾人当勉之。
>
> 处人莫好于敬,能久敬人者,人亦久敬自己,互敬之下无恶因,无恶因即无恶事。
>
> 用人当宥其错、惩其恶、严其限、密其则,宽以待之、专以责之、节以使之、明以考之、秘以察之、当以赏罚之。

天性嫉恶 公方不曲

管人须知识、能力、人格均足以领导人，还能通人情、有方法、善言语、能勤劳，以指挥人方能尽人之所长。

这些格言通俗晓畅，言近旨远，足以启悟来人。

陈敬棠擅长诗文，篆刻有所逊色。边侧所刻格言，则可见小楷功夫。

八　河东柳氏六面印

明代朱象贤《印典》说："六面者，上下四周皆刻文字，其制正方，下及旁侧为五印，上作方钮，仿佛如鼻，成一小印也。"可知六面印历来有之。

这方"河东柳氏"印，基本上是正方体，边长约 4 厘米，但没有印鼻，六面镌印，印文分别是：

㈠金灵

㈡河东柳氏

㈢大雅

㈣离山之一长

㈤万年长寿

㈥可是当年人面

说到"河东柳氏"，我们自然会想到柳宗元。这位唐代大文学家，字子厚，河东(今山西永济)人，世称柳河东。因贬为柳州刺史，卒于任，又有柳柳州之称。史称他少年精敏绝伦，为文卓伟精

金灵

河东柳氏

致，一时辈行推仰。第进士，中博学鸿词科，任监察御史。参加王叔文变法，力主革新，擢任礼部员外郎。变法失败后，贬为永州司马，后转刺史。

柳宗元以文章显闻于世，与韩愈并称，名列唐宋八大家，有“韩如美玉，柳如精金；韩如静女，柳如名姝；韩如德骥，柳如天马”之说。

据传柳宗元被贬之后，其家族后裔为避风险，迁居于历山隐深之处。近年在沁水县西文兴村，发现柳氏后裔的府第，保存有《河东世泽》、《司马第》门匾，及《柳氏宗支图记》等碑刻。西文兴村柳氏已有数百年的居住历史，现存府邸一进十三院，始建于明朝永乐年间。

这方“河东柳氏”印章，似是临摹之作，但在山西发现，与沁水西文兴村柳氏家族不无关系。篆文看来未脱俗气，并非出自名家之手，大抵是晚清时期柳氏门中的秀才所制。然此印六个印面

大雅

长寿万年

中，四个面配有图案雕刻，尚可令人悦目。“金灵”一印，配有花卉纹，二字置于中心，字外加有边栏。“河东柳氏”、“大雅”、“离山之一长”三面，分别配有香炉纹、花鸟纹、车马纹。除了这些图纹的衬托小有趣味之外，从印文中还可以读到河东柳氏族人的嘉言美意。“金灵”，是指五行的金德；“大雅”，意谓高尚雅正，才学出众，仪态风雅；“万年长寿”是祝人寿康之词，也是希望其家族兴旺，传继永久。

“离山之一长”的“离山”，在这里应借指历山。历、离二字谐音，民间每有混用，古文中也曾有某种用法上“历与离同义”之说。《诗经·小雅》：“二月初吉，载离寒暑。”颜师古注：“离，历也。”历山所在，西属垣曲，东属沁水。上有舜王坪，塬高地平，荆棘不生，相传舜耕于此，由沁水下川有路可登，已成为当下旅游的一个好去处。笔者多年前曾经登上舜王坪，正在四观风光时刻，骤然风起云腾，四面深壑中乱云滚滚，飞涌而上，极是惊心动魄。刹

离山之一长

可是当年人面

那间即有大雨瓢泼而下，人钻入车中，好像车子就要被瀑水冲去。惊魂未定之时，却又蓦地雨过天青，彩云如画。这种大自然的瞬息万变，我在别的地方从来没有遇到过，所以一直认为历山这个地方有些神奇。

“可是当年人面”一语，让人想到唐朝崔护《题都城南庄》那首绝句：“去年今日此门中，人面桃花相映红。人面不知何处去，桃花依旧笑春风。”此诗记述诗人清明郊游时，遇村居求饮，有女子持杯水开门，独倚小桃斜枝伫立，妖姿艳态，绰有馀妍。到第二年清明，诗人再访此庄，却已人去室空，只剩了桃花依旧。诗中交织着对于美好往事的深情追忆和重寻不遇的无限怅惘。对于河东柳氏的后人来说，在“可是当年人面”这一印语中，也许寄托着一种人情世态的感慨。美丽的河东山水依然如故，先贤柳宗元何在？岁月流逝，人间沧桑，人面早已不似当年了。

九　此乃常赞春之印乎

榆次车辋常家是清代的富商家族，也是一个文化家族，子弟大都禀有诗词书画教养。常赞春，字子襄，号髯翁，又号一指头禅。清光绪二十八年(1902)举人，宣统元年(1909)考入京师大学堂经文科，授文学士。入民国后，曾为国会众议院议员，又回山西任文献委员会主笔、清史馆征访员，执教于山西大学等校，主讲中国文学史。擅长作诗，曾结韬园诗社，著有《诗学谈》等，于金石书画造诣亦深。善于指头作画，画风纯朴天然，喻称"指头化身"。其书法长于小篆，雍容而雅澹，蕴含着浓厚的书卷气，楹联作品近年间屡有发现。

笔者从一榆次人摊上购得两方印章，以为是常赞春所刻，虽不敢完全肯定，但有如下缘由：一，印文一方是"一指禅"，另一方是"指头化身"，与常赞春的名号吻合。二，常赞春的篆书作品多见，大都法度严谨，又富有韵致。这两方印章的篆法，一如其书法，看似平常，玩赏间却渐觉有味；乍看似无特色，仔细揣摩，平

一指禅

指头化身

实就是他的特色。三,常赞春既擅书法,而且多写篆书,必然执刀,但据说他没有刻边款的习惯,因而其篆刻作品都已散失。榆次民间的无款古旧印章,笔者见过不少,是否常氏所刻则难以辨识。惟有这两方,印文与其“一指头禅”名号相符,故可资研究。

常赞春故里经过修复,今名为“常家庄园”,因其园林建筑的绮丽,砖木雕刻的雅美,旅游一时隆兴。可惜的是常家的图籍、书画、诗文作品都已失散,空荡荡的建筑物让人甚感凄寥。山西对于文化遗产的整理与研究,可谓荒疏久矣。经过历次政治运动洗劫之后,那些被视为“封建”“反动”的传统文化遗物,哪里还能保存下来?常赞春即使镌过许多印章,大概早已变为碎石,抛到垃圾堆里去了。上面说到的两方小章,姑且视为常氏之物,留作纪念可也。

十　明代清源王图书印

笔者有一好友，重情义、善交处，书法篆刻都有名望。一次邀我于书房小坐，临别前赠送我一方旧印，盛情可感。

此印乌黑光亮，古煤精石，印面一寸见方，有龙钮。印文“清源王之图书”，边有小残，字迹亦显磨蚀。

友人曾说，此印是过去清源一王姓人家的藏书之章。清源原是山西省一个古老县治，今与徐沟县合并，易名清徐县。

正是跑古玩市场较频的那段时间，每周都可收获几方旧印，但回来便束之高阁，无暇摩挲。某日偶尔闲馀，摆弄这些小石，拿起“清源王之图书”一印，忽然对“清源王”三字发生疑问。如果说它是清源县王姓人家的藏书印鉴的话，那么，即使不写明其名、其字、其号，至少也应该称“清源王氏”。有姓无名，又不缀“氏”字，不合常例。由此发现，此印主人并不是某个王姓人家。

称之“清源王”者，究竟是何人呢？

《明史》卷一百十八记载：“沈简王模，太祖第二十一子，洪武

清源王之图书

二十四年封，永乐六年就藩潞州，宣德六年薨，子康王佶焞嗣。”“清源王幼序，康王第三子，博学能文词。”

明太祖朱元璋第二十一子，名朱模，封为沈简王。永乐六年(1408)，朱模改为到潞州就藩，称沈藩，后世也称潞藩。朱模死后，其子康王朱佶焞继承了他的封号。朱佶焞的第三个儿子，即朱模的孙子，亦即朱元璋的玄孙，名朱幼序，被敕封为清源王。

朱元璋的孙辈以下，除少数分封郡王外，“馀例不得封”。朱幼序封为清源王，或许与他“博学能文词”有关。而且在朱幼序之后，其历传后裔中仍有多人善诗能文，因而史书有“潞藩多才”的说法。

如此说来，“清源王之图书”，正是博学能文的朱幼序所制。

朱幼序于正统十一年（1446）封为清源王，弘治十四年(1501)薨，迄今已过五百馀年。

潞州即是现在的山西长治。长治市区仍然保留着沈简王的藩城遗址，民间习惯称为皇城。笔者年少时在紧邻皇城的长治一完小就读，园林幽秀开阔，树木蓊郁，改做了烈士陵园。

潞藩直到明朝末年，其支庶先后分封了二十六个王，但都没有另建王府。据《山西通志》记载："沈藩二十六王，皆居潞。""沈简王墓在潞安府城南凤凰山，康工以下胥葬此。"可知清源王朱幼序及其继承者，始终居住于长治。

现存古籍中，偶尔还能见到"清源王之图书"钤印。印章原物的佚存，更觉趣致良多。

十一　刚介君子李石农

山西静乐县人李銮宣，字伯宣，号石农，人称李石农。清乾隆五十五年(1790)进士，官至四川布政使，后擢云南巡抚，病逝而未到任。

浙江天柱山有其嘉庆己巳年题诗，落款为“耕石老农李銮宣”，可知石农的含义是自称为“耕石老农”。其好友、书法家秦瀛(字小岘)，为之作祭文，题为“祭李石农抚军文”。

浏览石农的生平事略，有几处会予人以深刻印象。其一，中进士后，先在朝中任刑部主事、郎中，后外任去往浙江，职务为温州、处州兵备道。在地方官任上，他悟出一条重要的道理：“官瘦民则肥，吏清民不扰。”因而他能同情贫民，为减轻农民负担着想，力求清节，留有政声。其二，在云南按察使任上，审理一起人命案时，秉公执法，忤犯巡抚，遭到弹劾，被发往乌鲁木齐“效力赎罪”，这时他想弃官为民，而身不由己，写诗叹道：“不如不读书，日日在乡井。”“穷愁著书易，明哲保身难。”其三，虽历经坎

石农读书之记

坷，仍不能与经世致用的仕途毅然断绝。流放结束，丁忧归里，后又复出，直至六十岁病死于四川。一生清苦，身世颇觉可悲。其四，嗜好写诗，平生见闻感思俱在诗中，时有涉及民生疾苦与官场黑暗的吟咏，真实反映了清嘉庆时期的社会状态。亦好书法，楷书为馆阁体，行草圆润流畅，略似董其昌，存世之作偶尔可见。

石农为后人钦慕之处，在于他刚介正直的人格，以及他的诗歌价值。清道光年间曾任两江总督的名宦蒋攸銛，为石农诗集作序说:“余久闻其为人刚介，有气岸，今之君子也。”

两方石农印章，一方“石农读书之记”，一方“石农手写金石文字”。据转让者称，二印为李石农故里静乐县的民间遗物。虽然过去以石农为字号的非止一人，而从李石农的经历与嗜好，以及印章的年代与格致，多方酌量，凿然可信。二印为同种青田石，石农任温州、处州道台达六年之久，青田石正是处州所产，所雕薄意山水花卉也是早年浙人手法。

石农手写金石文字

温州名胜籀园中，至今保留着李石农书写的一副楹联，用了他在刑部时的同僚长者阮葵生的名句："无为此静坐，有福方读书。"

"有福方读书"一语颇耐人咀嚼。无论富贵，还是贫贱，能读书就是幸福的。刻制"石农读书之记"这方印章，便是饱含着自信，即便"穷愁著书"，他仍然能以有福之人自居。

十二　关于古愚印的联想

平遥、介休一带，古代是山右富饶之地，明清两朝晋商崛起，文化教育随之发达。有民谚道："苏杭二州，比不上平遥介休。"经济与文化繁昌之际，民间文物收藏也成为风气。直到近年山西文物市场上，仍然是来自平遥、介休的玩家和藏品居多。

有介休某收藏者常遇丁市场，一次他持一方两面刻小印，白文"古愚"，朱文"古愚民"，说是清代官员的遗物。

此印确可断为清代之物，虽然只是6厘米长的细条石，却是"花生糕冻"，也还可爱。但称名"古愚"的人甚多，无法查考，又如何知道主人是某民某官呢？

偶尔读李石农《坚白石斋诗集》，有诗题为"汪古愚本直刺史、重葺元遗山墓、并赡其裔孙、俾耕读墓侧、系之以诗二首"。这诗题的意思是：汪本直，别号古愚，任忻州刺史，重新修整元好问先生的坟墓，并扶助先生的后裔，将墓地旁边的田地划给他们，让他们在那里耕种、读书、守墓，李石农为此事所感触，因而作了

古愚民

两首诗。

由李石农此诗而引起联想。汪古愚曾经做过一任介休知县，从介休升任绛州通判，再升忻州刺史。介休人得来的“古愚”小印，是否就是汪古愚的遗物呢？

《山西通志·名宦录》记载：“汪本直，江苏进士。知介休县。明干有为。驿馆向在城内，近市湫隘，台使往来，多妨行旅，因就西关别建，而扩故址，构考棚，为试士所，无不称便。迁知忻州，建书院于九龙冈，修元遗山墓，绘图勒石，海内名宿题咏殆遍。”

又有《清朝书画家笔录》称：“汪本直，字让庭，号古愚。江苏常州人。乾隆三十三年（1768）副贡。官忻州知州。笃学，工书法。”

上述汪古愚的简历，都忽略了他在绛州任过通判（知州之副）。当年清廷准备再修《一统志》，通令各省修纂志书。又因乾隆帝屡次临游五台山，山西巡抚雅德有意编一部简略的山西志书，以便向乾隆呈览。于是选中了善于属文的绛州通判汪古愚，命他

古愚

执笔编纂。汪古愚编纂的这部《山西志辑要》,文笔雅洁,简明扼要,至今仍然是了解山西历史的一部最好的可读书籍。

《山西志辑要》梓印于乾隆四十五年(1780),而修整元好问墓竣工则是乾隆六十年(1795),汪古愚撰《重修元遗山先生墓纪略》一书刻印时间为嘉庆元年(1796)。这位江苏进士从出任介休知县起，在晋为官长达三十年之久，几乎将毕生精力献给了山西。

李石农因重修元好问墓有感,写诗赞叹道:“在兹文不坠,直笔道犹存。”“墓田馀劫火,五色尚留痕。”诗后附注说:“遗山先生墓在忻州韩岩村。墓前有土五方五色,每方纵横五丈五尺,高二尺。相传先生葬时四方来祭者张棚帐于此。历数百年遗址如故。”

金代诗人元好问,号遗山,晚年在忻州建野史亭隐居。其墓前有五方五色土,经汪古愚整修,依然保持了元代旧貌。汪古愚安排的元氏后裔耕读守墓,持续了整整一百五十多年,据说直到土改运动时才废止。现在我们到韩岩村,可以看到荒冢仍在,却因多年失修,人们早已不知道有什么五色土了。

元好问是中国文学史上的一位伟人,而他墓前“每方纵横五丈五尺”的五色土,竟然也无影无踪了,更何况他人,更何况那些文房书册、印章之类小物呢?汪古愚在晋贡献亦多,而今已经没有任何遗迹可考,一方印章并无传序,不过推测而已。正是:万事翻覆如浮云,昔人空在今人口。

十三　绵山樵长的自然风致

一方印章文为:“绵山樵长”。又一方印章文为:“耘畦野人”。同一主人,两个名号,而生平不详。绵山在介休境内,其人应是昔日介休的隐逸之士,印风淡雅,文字清秀,全是一种自然风致。

其馀五方闲章,无钮,只是在顶面各刻一字,作为编次,分别为:“知、己、笑、而、已”。

㈠“知”印:“隔江山寺闻钟。”

㈡“己”印:“客至汲水烹茶。”

㈢“笑”印:“晨兴半炷名香。”

㈣“而”印:“气得名花盛开。”

㈤“已”印:“琴罢倚松玩鹤。”

“客至汲水烹茶”一印,文字作竖长体,且线条多圆转,印面疏朗虚灵,颇得韵致。“晨兴半炷名香”,词句即有雅趣,篆写入香炉图纹中,纤巧而妙不可言。“琴罢倚松玩鹤”用朱白相间法,亦能浑然一体,略得风味。

绵山樵长

耘畦野人

隔江山寺闻钟

客至汲水烹茶

晨兴半炷名香

绵山峰岭险拔，林壑幽美，因介子推故事而闻名。古时曾是佛教名山，抱佛岩下洞中，有抱腹寺一座，傅山曾为该寺题联云："阅名山多矣，无如此石凌空，天生成一片袈裟，十方圆盖；瞻佛像巍然，自有真神出现，修炼来三花聚顶，五气朝元。"

傅山还在介休临摹重刻了郭林宗碑。郭林宗是东汉名士，博通坟典，教授弟子至数千人，曾游洛阳，名震京师，将归故里时，送行的儒士车辆达千乘之盛，林宗却登船从水路行，众人望他远去，好像神仙一般。他的故事，载入史书，一直是儒林流传的佳话。他的墓碑，原为东汉大文学家蔡邕撰文，属中国古代名碑。

介休历史上名人甚多，又如宋代文彦博，史称他"逮事四朝，任将相五十年，名闻四夷"。这样一个历史文化沉淀极厚的地方，自然也会是孕育书画篆刻艺术的一块沃土。然而，并没有多少先贤的艺术作品留存下来。我们不能不又说到战争和政治运动，即使有许多的艺术人才和艺术作品，也是经不起那种无情摧残的。

气得名花盛开

琴罢倚松玩鹤

上海人民美术出版社编辑出版的《中国美术家人名辞典》，是目前国内一部重要辞书，其中收入山西籍的艺术家寥寥无几。二十世纪五十年代，此书编辑之初，曾经向全国各地文化部门征集资料，据说当时山西竟无人理睬此事。对于历史文化的漠视状况，至今依然。这里在市场上捡了几方印章，这算是怎么一回事呢？不过是秋风中飘零的一片片小小落叶罢了。

十四　汾阳白与桂花红

有两方白文印，椭圆形章篆文为：“家在汾水之阳”；方章为：“四时最好惟三月”。

看来此二印作者，镌前并不打印稿，无须落墨上石，笔意尽在胸中。直接以刀入石，而又随意挥洒，用舞刀之法，熟练自如，有似翩翩舞蹈一般。印文布置自由疏散，完全不拘于章法，随心散布，却能散而不乱，别有情趣。文字亦不求端正，非方非圆，忽斜忽正，称之为“欹文”。“三”字作三斜撇，“四”字作四斜撇，“之”字三竖画上刺，“阳”字右下三画斜下刺，取法于蟹爪文，锐利畅快，势如破竹。

山西今有汾阳市，然“汾水之阳”泛指汾河之北，并非专指一县。因不知具体作者，故笼统称之为“汾阳白”。

又有某篆刻家，字“拙庵”，号“桂花村叟”，即是晋东南黎城县桂花村人。因擅长刻朱文印，姑且称之为“桂花红”。

三方“桂花红”印是：

家在汾水之阳

四时最好惟三月

“古黎桂花村叟”。黎城县在商、周时期，是黎国封地，所以称“古黎”，该县至今有上桂花村、下桂花村。

“无怀氏之民欤”。这是一枚双面闲章，另一面白文为“葛莨氏之民欤”，两句话出自陶渊明的《五柳先生传》。据传说，无怀氏、葛莨氏都是尧舜之前的古帝王。

“克己复礼”。此印文字布置妥帖，笔法圆美雅正。语出《论语》，原文是：“克己复礼为仁。一日克己复礼，天下归仁焉。”

由上述“汾阳白”、“桂花红”两组印章可知，以往颇有一些才华出众的篆刻人士，却已经声名杳没。

山西历史上出现过许多卓越的艺术家，诸如王维、荆浩、米芾、马远、傅山，他们曾是中华艺术的一代宗师。篆刻艺术自明清以来勃然兴盛，成为中国文人的独创艺术精粹，山西既有着文化艺术的悠久传统，篆刻艺术同样应该卓有成就。然而，对于山西的文化艺术史至今缺乏系统研究，篆刻艺术尤其不为人所认知，

无怀氏之民欤

古黎桂花村叟

克己复礼

过往的篆刻家们只能尘没无闻。而且,篆刻作品这种小件之物,容易丢弃毁坏,人们往往将艺术品混同于普通的印章实用品,并不知道爱惜和保存。目前在山西所有的博物馆里,篆刻艺术是一个空白,人们也许认为无足道焉,而对于文化艺术的真正嗜爱者来说,不能不有一种难言的遗憾心情。

十五　青山绿水共为邻

山西祁县，古称昭馀。有祁县人刘伟所刻两方印，一方印文为四行、二十字：“昭馀刘伟、字续甫、号水翼、别号五癖道人、生于戊寅。”顶款镌诗句：“青山绿水共为邻。”

另一方，朱文七字：“青山绿水共为邻。”

诗句出自唐代李嘉祐《晚登江楼有怀》：

独坐南楼佳兴新，青山绿水共为邻。
爽气遥分隔浦岫，斜光偏照渡江人。
心闲鸥鸟时相近，事简鱼竿私自亲。
只忆帝京不能到，秋琴一弄欲沾巾。

将姓名、字、号、籍贯、生辰，都刻在一方印章上，叫总章。此印作者刘伟，对于李嘉祐的一个诗句尤所钟情，不仅镌为闲章，而且用作了总章的顶款。

青山绿水共为邻

昭余刘伟字续甫号水翼
别号五癖道人生于戊寅

祁县其地有山有水，当年没有任何污染，汾河碧波荡荡，足可感受“青山绿水共为邻”的意境，心情闲适时可以观看水上鸥鸟，简静无事时可以亲自捉竿钓鱼。河上确有一座镇河楼，上到那楼上，大概就可以像唐朝诗人那样“晚登江楼有怀”了。“只忆帝京不能到”原意是李嘉祐在南游中怀念长安，如果说祁县刘伟有此感怀，似乎就是一种怀才不遇的心境了。

从这两方篆刻，略可见此人才气，边款刚劲有力，书法似从欧虞圭臬中来。但现在除了这孤立二印，再没有任何资料，不知其为何人。许多文化人原来属于富人阶级，属于革命对象，当年阶级斗争中很少顾及文化的保存和惜护，后来也没有再对那个旧时代的文化采取过整理、挖掘措施，所以形成了断层状态。我们至今没有看到一部像样的山西美术史，即使现在来编纂，恐怕资料荒坠，有心人也只好望空兴叹了吧。

十六　朱子治家格言印

晋德拍卖公司靳忠先生，一次去忻州乡间征集艺术品，带回来一方印章，看包浆已有年份，大约是清乾嘉时期的旧物。印石八九厘米高，四侧刻满了小字，内容是《朱子家训》。小楷极工整，刻写娴熟稳健，整体匀称雅致。虽积年磨蚀，保存亦欠善，但字迹仍清晰可观。

朱子即朱柏庐，江苏昆山人，一生教授乡里，所作"治家格言"，是传统家庭道德的启蒙教材，自清代早年问世，广为流传，脍炙人口。

此印侧边所刻《朱子家训》全文，正文共116字。与流传的标准文本对照，文字上稍有不同，如"既昏便息"刻为"即昏便息"，"切勿留连"刻为"且勿留连"，"凌逼孤寡"刻为"凌辱孤寡"，最后一句"庶乎近焉"刻为"遮为近焉"（"遮"为"庶"的通假字）。出现文字上的多处差异，并不是笔误，而是说明篆刻者依据的是早期的传抄本。这也可以作为判断印章年代的一个参酌理由。印面正

宽以容人 俭可成家 忍性慎言

临财毋苟得

能饱餐粗粝者真英雄耳

方,边长 3.2 厘米,左上角有残,印文是:“宽以容人,俭可成家,忍性慎言”。

民间文人如此重视治家格言,恭谨做成是印,应该说也是山西人风尚淳厚的反映。

篆刻作为一种精致的文化形式,可以反映一个时代的理念和民风民俗。山西的古旧印章中,不少印文都是治家、处世的箴规格言。举例如:

“临财毋苟得”。这句话告诫人们,不要任意贪图钱财。语出《礼记·曲礼上》,原文是:“临财毋苟得,临难毋苟免。”(面临钱财,不随便求取;面临危难,不苟且偷生。)

“能饱餐粗粝者真英雄耳”。粗粝,指糙米,粗劣的食物。此语意思是:不追求美味佳肴,满足于粗茶淡饭,这样的人可以说是真正英雄人士。据笔记小说《虞初新志》记述,明代《惊世通言》作者冯梦龙年轻时,曾去拜访江南督学熊廷弼,熊廷弼教诲他说:

性定菜根香

常须隐恶扬善
不可口是心非

“丈夫处世，不应于饮食求工，能饱食粗粝者，真英雄耳！”

“性定菜根香”。《明心宝鉴》是明代的一本劝善书，其中说道：“心安茅屋稳，性定菜根香。世事静方见，人性淡始长。”这是劝人养成俭朴生活的习性，只要心安性定，即使咀嚼菜根也会感觉无比的香甜。

“常须隐恶扬善，不可口是心非”。语出《文昌帝君阴骘文》。这方印章把后一句话，刻在左下角的两个小方框中，好像印中有印，这是篆刻的一种别异布局。

十七　僧人道士之印

古老的山右境内，佛寺道观密布，蔚为宗教名区。仅太原城内及周边，明清时期史志中记载有名的寺庙，即达三十馀所。

五台山向称佛教四大名山之首，峰峦层叠，伽蓝相映。《清凉山志》云："周穆王时已有声教及此。清凉山者，曼殊所居，穆王于中造庙祀之。"《山西通志》记载："北齐于台山建寺二百馀所，割八州税，以充香火。"五台山经历朝建设，直到民国早年，二百馀所古刹依然香火极盛。后来因战争及运动破坏，曾经陷于萧条，近年又见到了复兴气象。

自古道教名胜，以"五岳四镇"著称。其中北岳恒山、中镇霍山巍峙于晋省，建庙祭祀都有两三千年的悠远历史。传说恒山为八仙之一的张果老隐修之地，又有晋南芮城传为吕洞宾故里，存有著名古迹永乐宫。山西其馀各地的道观，如纯阳宫、老君观、会仙观、太符观等等，不一而足。

市场上曾见有不少僧人道士所用的古旧印章，这些故物犹

玄玄中了玄

五岳真形

如点滴之水，馀映着往日释道文化的一些影痕。

“玄玄中了玄”，是道家语。老子说：“玄之又玄，众妙之门。”玄为黑色，比喻视线极远极深，如远山，如深海，其深奥微妙处，便是“玄玄”。老子用“玄之又玄”来形容“道”，认为那是宇宙间各种神秘事理的法门，所以有玄学之称。“了玄”的意思是了悟、悟道，道家告诉我们，要从深奥微妙的道理中去学习，去得到觉悟。

“五岳真形图”是道教的一种符箓，据说是太上老君所传，可以让人免灾致福。其五种图形，分别代表泰、衡、华、恒、嵩。“泰山如圣坐，衡山如鸟翼，华山如壁立，恒山如猿行，嵩山如人卧”，这是通常的说法，至于五岳真形的奥妙，太上老君如何传授，大概如今无人知晓了。道教的符箓和图谶很多，大半是隐语，难以看懂，所篆印章中粗糙者为多，这方“五岳真形图”印则是出自篆刻家之手，令人可爱。

“阿弥陀佛”是佛名，也译作“无量寿佛”，佛教尊之为西方极

佛光普照

阿弥陀佛

乐世界的教主，净土宗作为念佛的佛号。“佛光普照”谓佛之法力广大，像太阳一样为人间破除昏暗，带来普遍的光明。两个佛教语，常用于篆刻闲章，信仰者以此表达虔诚。

“阿耨多罗三藐三菩提”，语出《心经》，指佛陀所证的“等正觉”。印度梵语“菩提”，翻译为“觉”。佛法以“大菩提心”为主，如弘一大师说：“破除世间一切谬见，而与以正见；破除世间一切迷信，而与以正信；恶行，而与以正行；幻觉，而与以正觉。”

弘一当年慨叹佛教界受到世人指责，都因僧人不守戒律的缘故，他专心研究戒律之学，宣讲“三皈五戒”的“律学要略”。他也常讲“惜福”的道理，“惜食，惜衣，非为惜财缘惜福”，一生十分节俭，衣被缝缝补补，从不更新。然而，他没有看到今日佛教界的状态，如果是看到了浮躁社会中佛寺的喧闹情景，如果是看到了某些寺院僧人敛聚钱财，享受现代生活，身不离手机、电视，轿车出入的一派风光，不知弘一将会如何感想？

得阿耨多罗三藐三菩提

心清闻妙香

大诗人杜甫在安史之乱时，曾小住长安大云寺。他在《大云寺赞公房》诗中写道："心在水精域，衣霑春雨时。"又说："灯影照无睡，心清闻妙香。"正值"艰难世事迫"的时刻，诗人夜晚不能入睡，但他胸中只有家国江山的忧虑，盼望着平定动乱的"佳期"到来，此外并无私心杂念，因而他把佛教寺院当作水精域，写出了"心清闻妙香"的名句。

"心清闻妙香"这方小印，因杜甫诗句而可珍可爱，可读可思。

信仰的根本在于心清。若是心境不清，即使身在禅林，还能闻到妙香吗？阿弥陀佛。

十八　形形色色护封章

古代的往来文书，要装在竹筒里，或是囊里，外面用绳子捆扎，绳结处再用胶泥加封，胶泥上加盖印鉴，以防泄密和失窃。胶泥加封叫封泥，盖了印的封泥也叫印封。清末以来，发现了很多古代封泥遗物，学者整理出版过几种封泥考略的著作。

封泥盛行于秦汉，而后世通用纸质文书，出现了书柬印。书柬印就是专用于书信封口处加盖的印章，如“某人顿首”、“某人谨封”之类。这里有两方旧章，印文是“海珊启事”、“石泉启事”（铜印，汉满两种文字），这种“启事”印也是为书信封口所用。

山西旧物市场上，还常常见到只刻“护封”二字的书柬印，不显示主人名号，有的可能属于公司、商号所用。护封章有各种形制，有石、玉、铜、水晶、牙角等各种材质，印文的篆刻也各显其能，各体皆备。下面列举数例：

㈠、㈡两方牛角章，一白一朱，朱文“封”的一点，用曲线表示，带有美术性。

海珊启事

石泉启事

㊀护封

㊁护封

㊂护封

㊂“护封”二字用双钩法，显示了精细的刀工。

㊃铜章，“護”字用双钩，并且将此字的四个部位分别置于四周，将朱文“封”字包在中间，非常巧妙，形成一种装饰美。

㊄树叶纹护封印。

㊅汉、满两种文字刻制的护封章。

㊆虫鸟篆护封印，生动有趣。

㊇朱文护封，“護”字用古文字中的变形写法，其结构中的“隹”横倒着写，增添了印文的灵俏。

护封章在山西甚多，或许与当时票号的发展有关，票券往来的信封是必须加盖特制的护封章的。银号的章，账务专用的那类章，市场上也屡见，如果纯属实用品，就不具有艺术收藏价值。上面列举的几枚护封章，不只是实用品，其中不乏佳构。前人在书信封口上都那样讲究艺术，此中深长的文化意味，是值得我们细心品尝的。

㊃护封

㊄护封

㊅护封

㊆护封

㊇护封

名家篆刻的鉴识

十九　真品还须慧眼识

和氏之璧，出于璞石，非琢玉良工，便不能识宝。因而，谚语说“有眼不识荆山玉”。印章收藏者，大多看重款识，没有名家边款的作品，几无人问津。在文化市场上，常见有印章不刻边款，其中却不乏精品，如果缺少艺术鉴识的眼光，名家真品就可能失之交臂。

有一枚章篆文为“玉堂清秘”，原无边款，被书法家、篆刻家王褆发现，他鉴定为吴熙载的作品。王褆在此印的侧边，镌下了这样的款识：“此印篆法刀法，审为非让翁不办，戊寅七夕，王褆拜识。”共二十一字，隶书，分三竖行，每行七字，工整清晰。

清代名家吴熙载，号让之，故有“让翁”之称。史称他“善各体书，兼工铁笔，馀事作花卉，亦高雅有致”。历经嘉、道、咸、同四朝，其书法、篆刻驰名国中，为一代翘秀。

“圆朱入印始赵宋，怀宁布衣人所师。一灯不灭传薪火，赖有扬州吴让之。”这首诗意思是：圆朱文篆刻开始于宋朝，到了清

玉堂清秘

代,“怀宁布衣”邓石如踵美宋元,自成一家,而邓石如之后的传薪者,只有吴让之当之无愧。

如果说吴让之的圆朱文,是传邓石如衣钵的话,那么白文篆刻更能显示他走刀如笔、一任自然的独异气度。印谱中有一方“两罍轩”白文印,堪称让翁的名作,而这方“玉堂清秘”与之极仿佛,苍劲、舒展、率意,似乎是不用落墨而直接奏刀。因此,王禔敢于断定:“此印篆法刀法,审为非让翁不办。”

王禔在这里告诉我们,鉴识名家篆刻的方法,便是要看笔法刀法,也就是说要熟悉篆刻家运笔运刀的风格。我们平素熟悉的人,不论走到哪里,即使是看到他的背影也能认出他来。看惯了某人的书写,不用他署名,只要看到笔迹就能辨认出来。艺术鉴识也是这个道理,经过长时间看作品,研究其面貌和性格的特征,达到对各个艺术家熟识的程度,自然也就有了一双鉴识的慧眼。

二〇　佳作沦夷遭损污

能够鉴识篆刻真品，像王禔那样的大家眼光，在当今世上是非常难得的。许多前人的作品，因为没有留款，而被丢弃毁坏了。还有一些拙劣者，在前人刻制的印章上乱添边款，往往冒充某个名家，用以卖出高价，实际是对原作的污损。

市场上经常遇到这种情况，看那章子已有年代，印文亦见前人风范，边款却拙劣不堪，显然是今人所添加。买了这种章子，不得不用砂纸细心打磨一番，把假边款磨掉，不然让人看着很不舒服。

有印镌“鸣銮”二字，篆书颇隽雅，妍美而不媚，妙然有神韵。鸣銮是何人？笔者想到了晚清小说《孽海花》中的一个人物：钱端敏。而这个钱端敏，是清末大臣、吏部侍郎汪鸣銮的影射名。

《孽海花》这部小说，基本上是影射真人真事，所塑造人物都可以和近代史上的名人一一对应。其“第二回”中写道：

鸣銮

单说苏州城内玄妙观,是一城的中心点,有个雅聚园茶坊。一天,有三个人在那里同坐在一个桌子喝茶。一个有须的老者,姓潘,名曾奇,号胜芝,是苏州城内的老乡绅;一个中年长龙脸的姓钱,名端敏,号唐卿,是个墨裁高手。下首坐着的是小圆脸,姓陆,名叫仁祥,号莩如,殿卷白折极有工夫。这三个都是苏州有名的人物。

上文"中年长龙脸的姓钱",是影射汪鸣銮;"小圆脸,姓陆",是影射陆润庠。汪鸣銮确实是一位"墨裁高手",精于说文之学,擅长书画,篆书尤其拿手。在朝支持光绪亲政,反对后党掣肘,中日甲午战后力主拒签马关条约,因而被慈禧下令革职。之后在杭州主讲书院,并以藏书著名。

这方"鸣銮"印,无疑是晚清或民国早年所作,而且必是出自名人之手,大概非汪鸣鸾莫属了。

但在初拿到这方印时，边上刻有“耐青”二字。耐青即是清道光朝篆刻家钱松，钱松与鸣銮毫不相干，显然是今人胡乱添款，徒损害其美感。当时正好遇到太原青年篆刻家雪玉，他一看这方印便说：“这个章在某人手上我见过，原来没有边款，‘耐青’二字是那人刻上去的，无非是想多卖两百元钱。”我说：“多花两百且不说，回去还得费一番打磨的工夫。”

有诗感慨曰：俗世何曾见大儒，常将鱼目混骊珠。庸人炒作皆天价，真品沦夷遭损污。

二一　可敬的印人老福庵

笔者见到的印章赝品，边款较多伪刻奚冈、曼生、钱松、牧甫等名家。王禔的时代离我们稍近，存世作品甚多，易于鉴识，因此之故，伪王禔款者似不多见。

王禔，号福庵（福厂），在民国时期的篆刻界，他是公认的浙派传人，门下弟子甚多，而且还是印章收藏的前辈，嗜好搜集古今名家篆印，人称他“老福庵”，他自称“印佣”，甘做印章的奴仆。对于我们当代的印章爱好者来说，这个老福庵、老印奴，真让人觉得可爱可敬，能够收藏他一二作品，会让人倍感欣庆。

一方七字闲章：“写不尽人间之喜”。边款：“戊寅嘉平之月，福厂作于沪上”。篆为朱文，工稳朴茂，以小篆与籀文相参，字字精妙。“人”字左划垂下，铁线遒劲；“间”字将“日”斜嵌于眉间，亦别出心裁。结篆配字无不精当，印面愈显茂美。

福庵幼承家学，十二岁即钟情于篆印，中年以印艺名闻天下。民国初年寓京，曾任民国印铸局技正。五十岁后定居上海，

写不尽人间之喜

鬻字治印自给。1949年后为上海中国画院画师。1960年辞世，终年八十一岁。书法与篆刻本是两艺同道，福庵擅长钟鼎文和楷、隶书，尤以铁线篆为绝艺，在篆刻上则以细朱文见长。

另外一组对章：白文“赵椿年印”，朱文“剑秋六十后作”。边款：一为“拜苏老友嘱刻此印，为剑秋先生六十寿，丁卯二月，王禔”；一为“福厂王禔刻于京师麋砚斋”。丁卯是1927年，福庵四十七岁，时居北京，正当学殖成熟、艺坛扬名之时。“麋砚斋”是福庵的室名，“麋”有聚集之意，也有糜费之意，他既好收藏，又因勤奋于书写而消耗砚台，“麋砚”二字似有双关的寓意。

此印受拜苏老友所托而制，拜苏何人？有名杨晋者，字拜苏，杨文莹之子。杨文莹是浙江钱塘人，清光绪三年进士，曾任贵州学政。据辞典载，杨文莹“工书法，笔姿瘦劲，有铁画银钩之势”。拜苏秉承家学，亦好书法，而且富于书画、碑版、砚石的收藏，约在1945年七十岁时病逝，年龄稍长于福庵。

赵椿年印

剑秋六十后作

拜苏托福庵刻印，赠与剑秋先生，剑秋又何人？清末举人赵椿年，字剑秋，曾在民国北洋政府任财政部次长，退职后潜心文化艺术，为北京考古学院金石研究会研究员，工诗词，善书法，有著述传世。史料中记载赵椿年的生年，一说为 1866 年，一说为 1869 年。这方印章是 1927 年为其六十寿诞而制，他的确切生年应为 1868 年，以此可为辞典正讹。

福庵、拜苏、剑秋，其实是民国时期活动在北京文化界的契友。一方印章，既是三人的友谊记载，也是当年艺坛的鸿爪留泥。做文化收藏，总是需要精心稽考，历史故事往往是很有情趣的。

二二　二弩老人，古气盎然

“法度精严老福庵，古文奇字最能谙。并时吴赵能相下，鼎足会分天下三。”这首诗前两句，是称赞王福庵治印严于法度，尤其熟悉古文奇字的篆法。后两句诗，是说王福庵可以和吴昌硕、赵时棡并列于时，三位大家在篆刻领域三分天下，宛然鼎立之势。

一代书画大师吴昌硕，名声贯耳，且不必说。对于赵时棡这个名字，当代人似乎陌生了。此公字叔孺，又号二弩老人，人多称赵叔孺。“二弩”从字面上看，是双箭同发的机弓，显示着一种笃志猛进的精神，他在绘画、书法和篆刻上都有出色成就，正可以说是双箭齐中。

“得象外意”是赵叔孺二十六岁时，为其艺友镌刻的一方书画闲章，篆法似乎尚未安稳成熟，却富有风华正茂的气息。另一闲章“云起半天山”，是他五十三岁时的作品，印面椭圆状，边款曰：“云起半天山，月来满地水，壬戊秋月，叔孺制”。与前一方相比，绰约风姿依旧，而技法业已练达，意境趋于安详，布局妙美，

得象外意

云起半天山

古气盎然。

赵叔孺的岳父富于收藏，他年轻时受其岳父熏陶，因以嗜好金石，惯于摩挲秦汉古印。现代篆刻史上，以叔孺为赵之谦的传人。邓散木《篆刻学》说，赵叔孺“取赵氏（之谦）静穆稳俊之笔，规模秦汉，力求平正，以纠宋元之纰缪、时流之昌披，意至隆也”。

邓散木这段话中，最值得注意的是“时流之昌披”这一句。“昌披”指狂乱放纵的情形，民国时期艺坛流行写意之风，有些篆刻者便抛离传统法度，昌披妄行。赵叔孺治印取法秦汉，格调平正，邓散木赞赏他能够纠正宋元人治印的某些谬误，尤其是能够纠正当时印坛的那种昌披之风。“意至隆也”，是说赵叔孺坚守传统的立意，何等的高大啊！我们看到当下各种的昌披之风，简直越演越烈了，这段话真可发人深省。

二三　近代圆朱文第一人

上文说到赵叔孺有意力挽昌披之风，但随波逐流者甚众，他的典范价值曾被一时忽视。继而由他的门下弟子陈巨来，担起了传承赵派神髓的使命。

陈巨来，号安持老人，在其专著《安持精舍印话》中写道："圆朱文篆法纯宗《说文》，笔画不尚增减，宜细宜工。细则易弱，致柔软无力，气魄毫无；工则易板，犹如剞劂中之宋体书，生梗无韵。必也使布置匀整，雅静秀润。人所有，不必有；人所无，不必无。则一印既成，自然神情轩朗。"

这一段话，是关于圆朱文的篆刻论述。元代书法家赵孟頫，善于篆刻朱文印，其文圆转妩媚，故曰"圆朱"，又称"元朱"，为后来印人所仿效，形成一个流派。现代印坛上陈巨来的出现，而将圆朱文篆法推向了极致。

陈巨来的精彩论述，也是他的经验之谈。圆朱文讲究"细"和"工"，但是，"细"不能软弱无力，"工"不能刻板无韵，而要"雅静秀润"，像春花舞风、轻云出岫那样有丰神，这恐怕是一般篆刻者

畅叙幽情

行吾心之所安

很难达到的。陈巨来的造诣,来自于他博采众长,勤摹精思。他说“人所有,不必有;人所无,不必无”,意思是:别人已有的成就,我不必仿照;别人达不到的,我未必达不到。这也是一切艺术家都应该学习的一种进取精神。

前辈赵叔孺评赞,陈巨来“圆朱文为近代第一”,此语并非过誉。书画名家吴湖帆、张大千、叶恭绰、溥心畬等人,都曾请陈巨来为之篆印,无不喜爱有加。

“畅叙幽情”一语出自王羲之《兰亭集序》。此印朱文圆润,布局安稳,丰满而不失清朗。边款:“己丑十月六日,巨来作于沪”。

“行吾心之所安”,戊戌变法时康有为曾有此语。此印芙蓉石,螭钮,圆朱文。六字笔画都少,容易出现松散和柔弱的问题,而能以安排得如此匀整有致,疏朗而不松散,娟秀而不柔弱,显示了一代巨擘的独到工力。

二四　炉烟当昼正挥毫

成就一位艺术大家，大概须有三个条件：一是天资，任何艺术没有天赋便难得真元；二是后天的勤进不懈，如陈巨来一生治印达三万方之多，刻苦可知；三是有高师指点。

为陈巨来指诲的高人，一者有其师赵叔孺；二者其岳父况周颐，是我国近代著名词学家，传统诗词对一个艺术家的熏浸至关重要；三者须说到画家高野侯。陈巨来起初专研赵之谦、黄士陵，后经高野侯启迪，转学程邃、汪关诸家，以致艺能迅速长进。

高野侯本名高时显，野侯为号，清末举人。书隶、画梅、治印，三事皆有名，尤以画梅卓著。曾见所画红梅成扇，虽是小品，足可使人感受其高古风致。

有高野侯篆刻的一方闲章，寿山白芙蓉石，朱文“炉烟当昼正挥毫”七字。字篆工整，刀痕坚劲，郁郁有古气。字间照应巧恰，浑然一体，达到了秀逸典雅的艺术效果。

让人更感兴趣的是该印的边款，三个侧面满镌，文曰：

炉烟当昼正挥毫

凡作印，篆居其六七，刻居其三四。篆佳而刻无力，则篆之神不出；刻有力而篆不佳，则野矣。穆倩之篆，犹未免野，人不识字之憾。松雪、三桥以下，篆亦未能至古，而秀则近于弱矣。高野侯识。

这篇款识，言简意赅，是他的篆刻艺术观的自白。他指出，不仅是穆倩（明末清初篆刻家程邃）犹有不识文字形义的野俚之憾，而且是自松雪（元代赵孟頫）、三桥（明代文彭）以后的篆刻，都未能达到秦汉古人的格调。此论可见，高野侯在艺术追求上，具有不同凡俗的高视眼光。

“炉烟当昼正挥毫”这句诗，恰是一种艺术境界，是一个古香溢于楮墨的雅静境界。晴窗白昼，炉烟袅袅，案前凝想，悠然挥毫，形神俱佳，古意芬郁，逸而不野，秀而不弱，惟达此境界者，始为真正艺术家也。

二五　西泠风采之一瞥

西泠这个地方，古代以名妓苏小小墓而有名。有对联曰："千载芳名留古迹，六朝韵事著西泠。"而到现在，西泠印社声名鹊起，远播于海内外了。

地址在杭州西湖之滨，孤山西麓，园林幽美，为湖山最胜之处。早在清光绪三十年，即1904年，当时国中篆刻界一批有志之士，在此结社。他们宣称道："谋于西泠数峰阁之侧，辟地若干弓，筑茆三两室，风萧雨晦，乐石吉金，惟印是求，即以为社，社因地名，遂曰西泠。"

这一创建最早、享誉至高的篆刻学术研究团体，当初其发起者为丁仁、王禔、叶铭、吴隐四家，丁仁似用力尤多。

丁仁，字辅之，号鹤庐。王禔曾为丁仁制一枚名号总章，为"工"字造型。笔者偶得一印，略摹王禔，无款，印文为："丁辅之、鹤庐、生于已卯、泉唐人、百石斋"，虽不甚精致，然"工"字形印罕见，留之亦有小趣。

丁辅之

鹤庐

生于己卯

泉唐（钱塘）人

吴朴是吴隐之从孙，王禔门下弟子，早年即为西泠印社社员。圆朱文印“半潭秋水一房山”，有款“癸巳七月，吴朴作”。癸巳即 1953 年，其时吴朴三十三岁，此印布置匀整、雅静，略有王禔影子。

一百多年来，西泠名家辈出，然而，不免也有被历史劫尘淹没者。有一印为西泠第一期社员陈安如所刻，陈安如其人就已经被遗忘了。印文：“满纸春心墨未漧”；边款：“乙已新秋雨后，仿雪渔法，作于西园廊下”。乙已年，即 1905 年，西泠印社成立的翌年。雪渔，指明代篆刻家何震。

陈安如此印，豪旷老辣，大气撼人。顶面有收藏款，一为“自怡堂藏印”，一为“陶斋藏石四百馀种之一”。自怡堂，是近代著名印人周德华的室名，其所蓄印章多达万钮。陶斋，是大收藏家端方的斋号。端方是满洲正白旗人，清光绪朝重臣，曾赴欧洲考察宪政，回国后历任南北洋大臣，为中外人望所归，因四川发生保

半潭秋水一房山

满纸春心墨未漧

路运动，奉命入川途中被起义军杀死。端方收藏文物甚丰，亦工书法，藏品多有著录。

曾被两位收藏大家先后鉴识，而能流传至今，得此印可谓有幸。正是：天恐文章浑断绝，留得此物在人间。

二六　陈箋舟与毛西堂

浙派篆刻既滥觞于浙江，其队伍之众，作品之聚，是其他地方难于拟比的。而繁盛中必有被冷落者，下文提起的两位人物，一位早年漂流海外，一位不幸战死军中，他们的作品极为罕见。

陈箋舟，本名元禨，清道光至同治年间在世。擅长书画，所作山水、花卉，具有其独异风格。早年去了日本，长期居游在外，据说对于日本长崎画派影响甚大。

他的一枚椭圆小印，内容是："世事洞明皆学问，人情练达即文章。"为人熟知的这副对联，《红楼梦》第五回中可见。

印文圆朱小篆，安排十四字于卵形印面内，缜密而清雅。平头顶面刻有释文，为娟秀小楷。周边并篆十六字曰："后贤怀古，异世同迹，春风感人，有情无形。"后缀行书款为："同治三年，岁甲子，荷夏上浣，浙江陈箋舟"。这是一件炉火纯青的精雅小品，托于掌上，可爱若明珠。

毛西堂，本名毛庚，西堂为字，杭州人。据史料记述，他是一

世事洞明皆学问
人情练达即文章

位博学多能的才子，诗、书、画、印俱称能手，书法得家传，尤其擅长刻石拓碑、钤制印谱。时逢太平天国进兵东南，在避难中仍然印谱不离其身，随行随赏，可见他对金石痴迷之深。

曾任兵部侍郎的戴熙，亦书画大家，当年为抗击太平天国，奉旨到杭州督办团练，毛西堂参与其事。咸丰十年（1860），太平忠王李秀成攻陷杭州，戴熙写了绝命书，投池殉难，毛西堂则在抵御中战死。

假托西堂名款的印章，市场屡见。曾购一章，刻为“莫友芝”及室名“影山草堂”，边款为“咸丰三年立夏日，西堂”。经查资料，清代著名学者莫友芝，于 1847 年赴京参加春试不第，时与曾国藩在琉璃厂书肆相遇而订交，到了咸丰三年，即 1853 年，曾国藩已在长沙筹建湘军，莫友芝应已回到贵州家乡。是年太平天国入南京定都，局势正值战乱中，莫友芝不会有在杭州与西堂相遇的可能，因此，所谓西堂咸丰三年作莫友芝印，必是伪造之物。

平安喜乐

虽然伪品甚多，然而，披沙简金，有时获宝。有笔者看好的一印，白芙蓉石，印面椭圆，阳刻“平安喜乐”四字，有精雕鼻钮与图案。具款“西堂”，其下有一微小印章图形，细辨方知为阳刻小篆“毛”字。名款之下镌印的做法，在碑帖上常用，在印章边款上则罕见，这是由于毛西堂擅长刻石，他把制碑的习惯运用到印章上了。

如果处在战乱之际，自刻一方“平安喜乐”的印章，应是作者出自内心的良愿与祈祷。然而，印章留在了人间，作者却殉身疆场了。天不怜才，其可奈何！

二七　左琴右书，前园后圃

隋朝的杨暕，是隋炀帝的次子，史书说他“颇涉经史，尤工骑射”。受封为齐王，后来变得骄奢淫逸起来。不防遇到宇文化及反叛，杨暕遇害时，年仅三十四岁。

从杨暕留下的文章来看，他的文学修养极好，而且喜爱招纳名士。他听说陈留有个秀才叫王贞，善属文辞，不愿做官，谢病在家，于是就写了一封信，把王贞请到他的王府来。

杨暕写的这封信，即是《召王贞书》，成为一篇传世美文。文章从“山藏美玉”、“地蕴神剑”写起，表示对天下才士的仰慕；接着说，邀请王贞到他的府邸来“与时休适”，那将是怎样的“优游儒雅”。就在这一段文章中，写出了一联精彩的名言，即是：

前园后圃，从容丘壑之情；
左琴右书，萧散烟霞之外。

左琴右书

前园后圃

这种“前园后圃”的从容隐逸生活，“左琴右书”的萧散文人情趣，历来为中国士大夫所向往。杨晪的这两句话，曾被多人在诗文中引用和阐释，明清以来的篆刻家也屡屡用之镌治闲章。

一对狮钮小章，“左琴右书”为阴文，“前园后圃”为阳文。边款曰：“此二印，除阳文，坊于诸谱中屡经见之，而阴文则未尝一睹，忽于画肆内，见壁间张无名氏所镌百寿图一幅，中有一章即阴逼边文，甚如予意，爰仿之。光绪丁亥春三月，胡镢刻此，并记于竹外”。

胡镢在清光绪年间以篆刻闻名，是西泠印社早期社员。亦擅长刻竹、刻碑，能诗，能画。有别号为“竹外厂主”。此印是他的临摹前人之作，包括边款中关于“阴逼边文”的一段释语，亦见于刘维坊所著《印文详解》。

一些锤炼精纯的名言警句，总是为艺术家们所共同喜爱，后人临摹前人，或是同时创作了相同的内容，这在篆刻作品中比比

嗜酒爱风竹

皆是。

杜甫《寄题江外草堂》一诗中写道:“我生性放诞,雅欲逃自然。嗜酒爱风竹,卜居必林泉。”其中“嗜酒爱风竹”一语,尤为印人所喜。明代篆刻家丁良卯将这五个字巧镌于圆形印内,成为传世名作。近代篆刻家曹世模临摹此印,精心制作了粗细 1.5 厘米、高 6 厘米的竹节章,似比丁氏原作更加精美玲珑了。

中华文学的煌煌历史上,留下了无数的经典名著,华章美文犹如繁星满天,犹如锦花遍野,为后世文艺家留下了取之不尽的富饶资源。杨暕的“前园后圃、左琴右书”也好,杜甫的“嗜酒爱风竹”也好,都只是繁英中的一个花瓣,后世的篆刻家采撷来赋予了新的生命,使我们在读印之际,犹能感受着悠远的芬芳。

二八　临摹名作，印人风气

清中期篆刻家屠倬，字琴坞，嘉庆进士，入翰林，曾任江西袁州知府，诗文书画俱佳。

屠倬所刻“王振纲印”，“王”字为朱文，其馀三字白文，颇为别致。边款全文曰：“尺鱼次兄以此石属刻，迟久未报，山中积雨无事，始为了此，丙寅四月，琴坞”。

笔者2005年10月间，往杭州西泠印社参观之时，看到其陈列柜中也有屠倬这方章，印石古润黑亮，与笔者所藏那方几无二致。印社一位先生听我说了此意，特地打开柜门，取出这方印来让我端详，并说：“可能你收藏的是真品，这里有些藏品也是民间收来的。”他的话使我感到惊异：西泠印社的藏品，即使民间收来，也必经过专家审定，怎么可能他的是赝、我的反是真呢？现在想来，人家是谦虚，恐怕还是我所收藏这方是赝品。

其实，不少名印都会有相仿相似者，甚至难分轩轾，原因是篆刻界历来有临摹风气。学习篆刻和学习书法一样，对于初学者

王振纲印

百病惟亲药

家在菱湖橘社之间

来说，临摹是必经之途。学习阶段的临摹，是所谓“正临”，要将范本移渡到印石上，依样摹刻，这样的习作必然拘谨、生涩，只能达到与原作形似。篆刻达到较高水准者，以至成名的大家，由于崇尚高古格调，也会时而有临摹之作，但不是“正临”，而是“意临”，旨在理解前人的风格神韵，不是摩其形，而是摄其魂。高手的意临作品，不仅是学习，更是创作，甚至达到“青出于蓝而胜于蓝”。

例如如下数印，都是临摹之作：

㈠“百病惟亲药”，款：“枕山”。临摹明代篆刻家沈千秋，原印文为“多病惟亲药”。枕山是清代安徽全椒的画家，此印为意临，篆法仿佛，韵味亦足。

㈡“家在菱湖橘社之间”，款：“癸巳六月仲夏，竹琴山人”。临摹沈世和。沈世和是清早期篆刻家，怡静工秀，名重一时。临作不及原品稳重雅秀，但临摹者用随形石刻之，亦有生动感。

㈢“目送飞鸿”，“问梅消息”，二印临摹陈鸿寿。陈鸿寿，号曼

目送飞鸿

家在庐山第五峰

问梅消息

秋色三分

生，西泠八家之一。曾官宜兴，是时与杨彭年研制紫砂壶，其造型古雅，兼有铭文增色，誉称曼生壶，世人视若珍宝。临摹曼生篆刻者甚多，然此二印亦非出于凡手，尤其“目送飞鸿”一印，篆字苍古，刀法浑厚，略似曼生真迹。

㈣“秋色三分”，边款：“瑶珊”。瑶珊即是清代篆刻家孔千秋，此印临摹梁清标。梁清标是明朝末年翰林，入清后为保和殿大学士，后入相，工书法，尤善小行楷，秀润翩翩。据《印文详解》说，此印用“自然缩铜”复刀法。“自然缩铜”指摹仿汉代锈迹铜章那种斑斓古色，摹仿得好的作品能够“于雄浑中仍寓藻彩缤纷”。

㈤“家在庐山第五峰”。临黄士陵。黄士陵，字牧甫，晚清书画家，篆刻成就尤其卓著。此印原品极佳，富有恬澹疏放的气息。临摹者下了很大功夫，百馀字边款亦全文摹刻，只是神气不逮。可知临摹并非易事，才情和工夫不到是难得其中三昧的。

二九 居无尘杂,家有赐书

临摹作品中,凡有某些可取之处的,不必都当作赝品弃之。但不少临摹作品连同原边款一并临刻,会让人误以为是名家原作,甚至出以高价购之,因而尤须谨慎鉴识。

市场上的临摹作品,以及故意作伪的东西,混杂一起,实在太多。如何辨识呢?一是靠自身的审美修养,二是靠长期练眼和摩挲的经验,其实没有多少理论可讲。一时看不准,不妨花点小钱取回来慢慢研究,收藏总是有得有失,而乐趣便在其中。

"桃花潭水","歌吹沸天",二印临摹乔林。清前期艺术家乔林,善于书篆隶、画山水,篆印尤其精雅,镌刻晶、玉、牙、铜、竹、石,各得其妙。此二印为晚清人意临。"桃花潭水"表达友情,出自李白诗:"桃花潭水深千尺,不及汪伦送我情。""歌吹沸天"也是成语,出自南朝鲍照《芜城赋》,原文"廛闬扑地,歌吹沸天",意指房宅满地、歌乐喧天的繁盛情景。

"曾守欧苏旧治",边款:"颍州为欧苏旧治,受臣观察于光绪

桃花潭水

歌吹沸天

曾守欧苏旧治

戊子，权守是邦，命作小印，以志景仰，己丑长至节，王尔度”。颍州，即是今之安徽阜阳。宋代欧阳修、苏东坡都做过颍州太守，而且都留有诗文。如《颍州祈雨诗帖》，是苏东坡传世的一件书法佳作。此印边款说，清光绪时新任的颍州知府，特意请王尔度为其刻一方章，用“曾守欧苏旧治”一语，表示对两位前贤的景仰。王尔度是晚清书法篆刻名家，其精美的篆书作品，市场上会偶尔露面。但这方“曾守欧苏旧治”印，不似王尔度所作原物，应是后来的摹品。

凡名家治印，从选石始，到落墨、用刀、落款，细节都很考究，且不说作品内在艺术，即使从外表看来，也必然洁净而雅观，给人以美感，临摹作品则不免有种种破绽。不过，把玩较好的临摹作品并非无益，摹品常常让人想见原作范本的风韵，还可以从中获取知识。由“桃花潭水”而想到李白，由“歌吹沸天”而知道鲍照，由“欧苏旧治”而忆及宋代文豪的往事。人生的知见、文化、修

居无尘杂 家有赐书

养，不就是这样一点一滴地蓄积起来的吗？

“居无尘杂，家有赐书”，语出《梁书·王暕传》。这也是一方临摹印。正方黑石，印体硕大，边长 5.5 厘米，双龙蟠透雕钮。

南北朝时期，齐明帝下诏求荐异士，王暕当时正在盛年，神清气茂，经人举荐，步入仕途。到了梁武帝时，益受重用，青云直上，官至吏部尚书、左仆射，相当于宰相的要职。

当初举荐王暕的上疏中，称赞他说：“居无尘杂，家有赐书。辞赋清新，属言玄远。室迩人旷，物疏道亲。”意思是：在其居住的地方，没有尘埃杂物，堂上陈列着皇帝所赐法书。所作诗文清隽新颖，言语谈吐见深识远。虽是官宦之家，与帝室很近，其人却性品高旷，淡泊世俗，只是笃志于学问之道。

这段话中，道出了一个高贵而又雅逸的人格境界，那样的人物是不能不让人钦佩的。篆刻家们由于怀慕那样的境界，便将上疏中的佳句，用来制作闲章。

清乾隆时，黄景仁（字仲则）以诗词著名，书法、绘画、篆刻无所不能，他有一方著名的篆刻作品，即是："居无尘杂，家有赐书"。

黄景仁所篆此印，印谱中可以看到，原物是否存世，不得而知。临摹品文字板滞不灵，不可与黄景仁同日而语，但它毕竟是一方刻有古人经典名句的大印，也不妨聊备一品。

三〇　九叠篆印，四边诗款

九叠篆是一种篆字的别体，篆法是增加笔画的重复盘曲，笔画稀少的字盘曲尤多，达到印文匀整、平衡的效果。宋金时期流行九叠文，当时的官印大都此种篆法。

“文务求满，字必求方。字界逼边，方见古雅。”九叠篆、满白文“李嵩”印，完全符合这种古雅的要求。印面3.8厘米见方，两字排布各半，笔画逼边，盘曲匀整，字画分界处仅一线留红。印石高11.8厘米，四侧刻有诗款。

笔者以为这是一方宋印。

印界向来以元末王冕用花乳石治印，为文人石印之先河。其实不然，文人治砚、铭砚之风宋代已盛，以石治印随之出现应该也是自然而然的事情。

由于九叠文务须平正，笔画只有反复盘曲，而无其他艺术变化，明清以来的篆刻家嫌其单调，已不用此法。“李嵩”一印，不应是明清人所作，推为宋印方为合理。此印包浆凝重，石品苍老，亦

李嵩

可证其历年已久。

如果确是宋印，“李嵩”又是何许人氏？笔者推测，非是书画家不治此印。南宋宫廷画家李嵩，工画人物道佛，亦有“花篮图”之作。“李嵩”一印的主人，疑为这位南宋画家，只是遗世资料极少，尚不足以考详。

此印大约在明末清初已为文人收藏。当时的思想家、诗人吕留良，在印之一侧留下了豪迈的诗句：“天地入胸臆，文章生风雷。”

明朝灭亡之初，吕留良曾招募义勇抗清，誓不仕清室，先隐居，后削发为僧，取名耐可。因为写了“清风虽细难吹我，明月何尝不照人”一诗，成为清代最早的文字狱受害者，死后被剖棺戮尸。

推想吕留良应是在晚年为僧时，得到李嵩印，并镌了诗款。其身后，此印仍在江南流转，乾隆年间到了篆刻家陈鍊手上。

陈鍊，自称炼玉道人，能诗善书。写古钟鼎文，章法绝妙。得到“李嵩”印后，对着一方苍润的宋石和前人篆字，一定技痒不能自禁，于是拈毫捉刀，在其馀的三个侧面分别镌刻了诗句。

陈鍊所刻诗句是：

（一）“瑶池浮彩霭，琼苑集香风。”王士祯的诗。王士祯自号渔洋山人，清顺治进士，博学好古，诗为一代宗师。瑶池、琼苑，诗中是指皇家的地方。历来将设宴招待新科进士之所称为琼苑，“彩霭”“香风”便是形容士人成就功名的美景。

（二）“不欲诣人贪客过，惯迟作答爱书来。”吴伟业的诗。明末进士吴伟业，号梅村，诗名满区宇。诗句意思是：不想去拜访人，却希望有宾客过门；懒得及时回信，却盼着有书信到来。这是文人的一种散淡性情。

（三）“精鉴今之特效药，慎言古有摩兜坚。”含意是：处人要精心鉴别，说话要谨慎小心。或许是因为清代大兴文字狱的缘

暂得于己 快然自得

故，这副对联曾在士林流传。“摩兜坚”是一个诫人慎言的用语，据古文记述，在襄阳谷城县城门外，道旁曾经有一石人，其腹上刻字曰：“摩兜坚，慎勿言”。

陈鍊在印侧刻了上述诗句之后，并在顶面具款曰：“乾隆岁次庚辰，天中节前二日，炼玉道人”。

乾隆庚辰年，即1760年，天中节即端午节。从那时以来，历史已经跨过二百五十多年了，而今这方印章承载着前贤遗韵，古色古香，斑斓照人，置之于我们手上那是怎样一种感觉呢？不妨借用《兰亭集序》中的话来说，那就是：“当其欣于所遇，暂得于己，快然自足，曾不知老之将至。”

三一　惟从书法识文彭

明代书画大家文徵明，有子文彭、文嘉，都能传其家学，尤以篆刻名世。

文彭为徵明长子，字三桥。先后任南京、北京国子监博士，有“两京国博”之称。在南京时喜作牙章，书写落墨后交南京牙雕高手李文甫为之镌刻。及至发现处州灯光冻石宜用治印，开始自篆自刻。受到他的影响，文人以石治印风气自此蔚然。加之他潜心追仿秦汉，引领回复古风，因而被尊之为传统印人流派的开山鼻祖。

由于文彭在篆刻史上的地位无可替代，以至其书法的名声被印名所掩。其实，对于文彭的书法，明嘉靖当时就有“咄咄逼其父”的赞誉。后来清代书家王文治评论说：文彭书法“精熟不如父，而萧散之气则远过之”。

文彭能书行草隶篆各体，体体有法，而以草、隶最精，草书气势奔放，隶书古雅舒朗。鉴识文彭的篆刻，务须首先研究他的书法，认识他的书法。文彭的篆刻艺术，最值得欣赏的不是他的刀工，而是他的书篆。文彭印章的草、隶边款，甚至较之印文更有魅力。

一方文彭篆刻的印章，印文原是“贞松千古秀”五字。语出唐代诗人刘希夷，其《公子行》一诗中有句：“愿作贞松千古秀”。可惜的是，印文被无知者给磨掉了，只是留下了款识。一侧是隶书：“贞松千古秀，文彭”。另一侧是草书：“嘉靖廿四年，花朝既望，偶作”。明嘉靖廿四年，即 1545 年。“花朝既望”，为旧历二月十五日。文彭是时四十八岁。

此印除文彭的边款外，另外两侧及顶面还有王澍和柳育的鉴赏款。

王澍，号虚舟，清康熙时曾官吏部员外郎，书法、篆刻为一代巨手，晚岁尤精于鉴定古碑。柳育是康熙时期的江宁（南京）诸生，书画家，据说所作山水苍茫，有董源（五代）、巨然（北宋）遗

南阳诸葛庐 西蜀子云亭
孔子云 何陋之有

韵。

王澍款识为："唐人有'愿作贞松千古秀'，斯印即其句也，余得此印，藏之，亦与三桥有缘分耳，虚舟"。

柳育款识为："观此如观乎海，柳育记"。

印文虽然毁失，款识也值得玩赏。文彭隶书款的古雅，草书款的潇洒，四百六十年来韵味依旧，无人可及。尽管临摹追仿文彭的篆刻者比比皆是，只要拿此款识作一比照，无不相形见绌。

前些年古玩市场上，时而可以遇到"文彭""三桥"款的古旧印章，十者难有一真。清代人临摹的文彭篆刻，印文尚能模仿到几分水平，边款却相去甚远。现藏于各大博物馆中的文彭篆印，仅寥寥两三方而已，其一生心血的硕果竟至都渺然不知去向了吗？笔者以为，流落民间的文氏遗宝还会有的。经多年把玩，检选出两方小章，其韵味不俗，有明人风范，印文与款识均似文彭真迹。

实是欲之仙都

㈠印文:“南阳诸葛庐,西蜀子云亭,孔子云,何陋之有”(语出刘禹锡《陋室铭》)。边款:“文氏三桥,偶草于修竹山房之中”。

㈡印文:“实是欲之仙都”(陶弘景语)。边款:“实是欲界之仙都,文彭”。收藏款:“善宝堂珍藏”。

有诗曰:风雨人间嘉木残,深山偏得见幽兰。苍天也爱真善美,千古文辉磨灭难。

三二　拓开万古心胸

一方小印章，拥有大气派。印文为“拓开万古心胸”。此一印语，原是陈亮的名句。

南宋绍熙朝状元、词人陈亮，在《甲辰答朱元晦书》中写道：“推倒一世之智勇，开拓万古之心胸。”如此豪壮之语，成为后世文人所追慕的思想境界。

印有边款曰：“甲午冬至，胡正言篆。”

胡正言是晚明时代人，攻六书之学，善书篆隶真行各体，亦画山水、人物、花卉。崇祯、天启年间，先后辑印《十竹斋笺谱》、《十竹斋书画谱》，艺坛影响甚深。鲁迅、郑振铎都曾称道十竹斋印品，认为那是明末士大夫清玩文化最高成就之反映。

南明福王时，胡正言曾为武英殿中书舍人，当时的弘光朝廷国玺，即其手刻。明亡后隐居南京，惟以版刻、镌印、制作印泥为生涯。清康熙年间，曾受吕留良拜访赠诗。

这方“拓开万古心胸”印，布局错落有致，文字有古秀之气。

拓开万古心胸

在篆刻艺术上，体现了胡正言“奇不欲怪，卷曲不欲忸怩，古拙不欲矜饰”的风格。而从印文的内容上，则表明了他的卓异人格和思想气度。

明代篆刻的空前兴起，出现了文彭、何震等开宗立派人物，下一个繁荣期就到了清中期。而在两个旺季之间，正是胡正言所处的那个明朝没落、清国初立之时，这个时期的篆刻成就往往容易被人忽略。与胡正言同时期的篆刻家，下面再举二三人，或可管窥清朝早年的文人旨趣。处在改朝换代之时，其实正是文艺家拓开胸怀，展放眼界，凸现个性的历史机遇。

倪耿是元代大画家倪瓒的后裔，少年患足病，萧然隐居水村，精研篆籀，成为清初一位知名篆刻家。印学大家周亮工曾向他索刻数印，称他“深于此道，非随人泛泛者”。其所刻“美色痴人如梦”一印，阳文粘边，浑然一体，整洁妍美。印文内容，或让人怀疑不是古人的语言，其实，表现美色的古代诗文名句历历可见，

美色痴人如梦

永躬耕于典坟

爱美之心古今皆然。倪耿用“美色痴人如梦”一语镌印，显示了他不拘礼教的疏放个性。与他的篆刻一样，他的思想性情也是“非随人泛泛者”。

张宏牧，又名弘牧，清早期篆刻家，专精于印学，并有诗著《懒髯集》。所作“永躬耕于典坟”一印，边款为“壬寅暮春，仿古于湧云楼之南窗，弘牧”。印文与款识，都那样拙朴安闲，气质浑圆如一，可称为弘牧的代表作。典坟，即三坟五典，泛指古代的经籍。古人说“躬耕乐道，以经籍自娱”，或言“颐情志于典坟”，都是表述读书人一种萧散志趣。躬身耕作于古代群书中，与其说是读书学习，不如说是人生修养的过程。弘牧这方印成为名作，多因印文含意深醇，不啻是篆刻精秀。

姜若彤，本名姜炜，性嗜篆籀，于六书研究甚深，于篆刻极尽心力，一度蜚声艺苑。“可为知者道”一印，虽不是他的精品，也足以显示其治印的浑厚老练。“可为智者道” 此语，出自司马迁，

可为知者道

“知”与“智”在古文中通用。司马迁在《报任安书》中表示:为了完成《史记》一书,使之藏之名山,传之后人,即使被受万杀之刑罚,也绝无所悔;写到这里,他沉痛地加了一句话:“然此可为智者道,难为俗人言也!”

因为司马迁的一句话,将“智者”和“俗人”划出了一条鲜明界限。而这条界限,在中国读书人心灵中铭刻甚深。鲁迅说“《史记》是无韵之《离骚》”,太史公和楚大夫一样,成为追求高尚、鄙视俗人的儒林楷素。

三三　扬州八怪的两方残印

扬州八怪都是出类拔萃的文艺家，诗书画印，无一不精绝。在篆刻史上，他们是清中期印艺繁荣的一些代表人物。他们那个历史时代，已经过去了两个多世纪，其篆刻实物已难得一见。手边即使有他们两方残品，也是足以欣慰的。

李方膺是清雍正、乾隆时人，先后做过三十年地方官，虽有惠政，而生性傲岸，宦途坎坷。善画松竹梅兰，亦能山水人物。罢官后，专于绘事，尤工画梅，视梅花为知己。曾题《梅花卷》云："予性爱梅，即无梅之可见，而所见无非梅。日月星辰梅也，山河川岳梅也，硕德宏才梅也，歌童舞女亦梅也。""知我者，梅也；罪我者，亦梅也。"

"平生知己"，是李方膺画梅常钤的印章之一，后世临摹、作伪者甚多，市场上屡见此种赝品。

没有想到一次往贵阳旅行，却在一家古玩店中，购到了真的李方膺印。印方2.4厘米，高6.4厘米，雕有薄意。侧款"丁卯年，

平生知己

李方膺”六字，“膺”字上半、“年”字下端有残痕，印文与边栏亦有数处小伤。令人欣喜的是，款识虽有伤残，其笔力健劲，质感跃然，显见单刀入石，中锋娴熟，运刀如笔。寥寥几个字，使我立时联想到了厚实坚利的苏轼书法，这是现代人的篆写难以达到的，窃以为此印属真品无疑。

另一方残印，是高凤翰所刻“杨柳风、梧桐月”。这方小印，四周磨损残破，“杨”字已不全，“柳”字下部缺，但仍可看出其结字之高古。“月”字以金文参小篆，篆法为近人鲜见。

此印边款曰：“谢安石有言，圣贤去人，其间几何；陶弘景便云，仰视云日，不为远矣。庚子秋八月，南邨。”庚子即清乾隆五十九年(1720)，高凤翰时年三十八岁，南邨是他的别号。

上述印款中，提到了谢安石和陶弘景，这是中国文化史上影响深远的两个人物，他们的逸事成为历朝诗文中广为引用的典故。

杨柳风 梧桐月

谢安，字安石，东晋士族出身，隐逸林下，四十岁后始出仕。孝武帝时任宰相，并为征讨大都督，指遣将帅与前秦苻坚战于淝水，大获其胜。据《晋书·列传》：谢安未出仕前，寓居会稽，与王羲之等游处，出则渔弋山水，入则言咏属文。朝廷屡召不至，栖迟于东山。曾往临安山中，坐石室，临溪谷，思慕商朝末年耻食周粟、隐居于首阳山的贤人伯夷，悠然叹道："此去伯夷，何远！"

陶弘景，南朝隐士，性好著述，亦精书法。梁武帝时，国家每有吉凶征讨大事，无不向弘景咨询，一月中常有数信，时人称为"山中宰相"。据《南史·列传》：弘景幼有异操，年四五岁，常以芦荻为笔，画灰中学书。至十岁，得葛洪《神仙传》，昼夜研寻，便有养生之志。对人说："仰青云，睹白日，不觉为远矣！"

据上述两个典故，明代黄道周撰成了一副对联：

谢安石有言:圣贤去人,其间几何?

陶弘景便云:仰视雲日,不为远矣。

这就是高凤翰所刻印文的出处。

黄道周是明朝天启年进士,以文章风节名满天下。南明隆武年任兵部尚书、武英殿大学士,坚持抗清,兵败殉国。徐霞客称赞黄道周“字画为馆阁第一,文章为国朝第一,人品为海内第一,学问直接孔、周,为古今第一”。连清朝的乾隆皇帝都不得不赞叹说,黄道周“不愧一代完人”。

从谢安石、陶弘景,又说到黄道周,可知一方小章,包揽了浑厚的历史文化。高凤翰篆刻此印时,在他的笔和刀下,隐含着对前贤的景仰,自然也表达了他自己的人格理想。

在扬州八怪中,高凤翰尤为奇人。博学而精于艺术,早年已深得当时文豪王渔洋的赏识。擅长书法、绘事,尤其嗜好篆印、制砚。晚年患风痹，右臂不仁，以左手挥洒，笔力愈见苍辣。

南邨三十八岁时刻制的这方小印，能够保存到今天，已不知在多少人手中阅尽了人间坎坷。尤其是逢上政治运动频繁而漠视文化的时代，谁是谢安石，谁是陶弘景，又谁是高凤翰，已经鲜为人知。一块不起眼的小小石头，被人抛来掷去，损伤磕破，并不足为怪。弄到地摊上，也没人正眼看它。笔者幸好偶尔读过高凤翰的书法帖，留心过他的砚谱，一看到小印边上“南邨”二字，觉得眼熟，才把他从地摊买了回来，价格不过相当于一盒火柴罢了。文化的命运，有时候是让人感到很心酸的。

三四　数百年墨宝天留在

《清朝名家书画录》称:伊秉绶,号墨卿,福建宁化人,乾隆五十四年(1789)进士。官惠州,多善政,再任扬州知府,力持风雅,有功艺苑。喜好收蓄古字画。书法有似明代李东阳,尤精古隶,惟不喜赵孟頫,其笔墨之高,可想见矣!偶作山水,亦简淡古秀,脱尽恒蹊。

伊秉绶所用印章,都是自刻,但不轻易为他人刻,因而传世篆刻作品极少。今见他为友人刻制的对章,白文“卢国熙印”,边款“嘉庆三年春月,墨卿作”;朱文“名卿民”,边款“桑村先生雅玩,伊秉绶制”。又于法帖中见有伊秉绶《临柳公权尺牍轴》,落款也是嘉庆三年,与此印章边款之笔致,颇相仿佛。嘉庆三年即1798年,值其四十五岁,正是文采辉耀之时。

因其父丧事,伊秉绶从扬州离任归里,自此家居多年,以书画遣闲。其间,曾往广州访友,在叶梦龙处留下了一方篆刻。此印面宽4.8厘米,长3.9厘米,印高5.3厘米。印文“数百年遗墨宝

卢国熙印

名卿民

天留在”，仿古印“百年遗稿天留在”的切玉文篆法，左上角“数”字有损残。隶书边款曰：

> 元王元章画梅花，由明僧传至岭南，为同年张药房太史秘玩，往在都，曾见之，太史晚年，以赠叶云谷农部，嘉庆十六年九月，农部款我于友石斋，得坐卧花下旬日，宁化伊秉绶题记。

这一边款，记述了一段收藏名画的故事。

元代画家王冕，字元章，所画墨梅为世人所重。明代有游僧，将王冕一帧墨梅带到了广东，被顺德人张药房收藏。

张药房本名锦芳，药房是他的号，又有室名逃虚阁，著有《逃虚阁诗钞》。乾隆五十四年，与伊秉绶同榜中进士，因以称同年。他得到王冕的墨梅图后，极其珍爱。携此画赴京时，在江西乘船

数百年 遗墨宝 天留在

遇险，波打船翻的危急之际，他一只手紧抓着王冕的画，一只手抓着他使用的旧端砚，其他都不顾。事后人们感叹说：“药房雅癖如此！”

张药房在朝，官翰林院编修，贯通群籍，也是个诗书画印全才。可惜天年未久，四十七岁病逝。在其辞世前，已将王冕的画转让与叶梦龙。

叶梦龙字云谷，南海（今广州）人，官户部郎中。户部这个官署，在汉代称为大司农，执掌农政。因此，叶梦龙被尊称为农部。

叶家世有收藏之好，书画字帖藏品极富。叶梦龙居京都时，喜与文人名流结交。辞官返粤后，在故里筑倚山楼隐居，室名友石斋。翁方纲、汤贻芬等当时名流，南行时都曾到其居所拜访，观赏他的藏品。

伊秉绶于嘉庆十六年秋日，从家乡福建宁化，旅行到了广州，一是游历山河，二是寻访名画。他在京时，就曾在张药房处看到过王冕的墨梅，此次访粤，有意再度观赏此画。在叶梦龙的倚山楼友石斋中，他受到热情款待，坐卧花下，旬留多日。不仅饱赏了名画，而且专为此画篆刻了一方印章，钤在外装边绫上，以“数百年遗墨宝天留在”一语，表示对此画的珍爱和惜护。

嘉庆十六年，即1811年，至今又已经沧桑二百年了。笔者多方查阅资料，终于明白了一方古印的内涵。我们虽然不知道王冕的墨梅今在何处，虽然无缘观赏那帧名画，然而，有伊秉绶这方印章留存，也是令人感到十分欣慰的事情。想想“天留在”一语，其含意何等深邃！

三五　汉城偶得马浮印

笔者曾于2005年12月访问日本埼玉县。归来途经韩国时，在汉城（首尔）街头随意走进一家古董小店，竟发现柜内有数方国人篆刻的印章。其中一方，印文："山水得清风"；边款："戊辰秋月刻之，一浮马氏"。仔细看过，觉得文款皆佳，不胜惊喜，价钱亦不高，便当即买了。

此印阳文，"山"字篆法敦厚，"水"字横写，两字如一字，疏密得当，以与其他三字平衡。刀法老练，琢刻深细，笔意连贯，静穆有汉印遗韵。

"清风"一词，并不只是指清爽的自然风，在我国传统文化中，清风有社会风化的意义，有人格修养的意义。就人格修养而言，清风的含义为廉洁、高尚、超逸，清风亮节是历来士大夫所推崇的人品德性。山水既能够给人以清风，使人品性敦美，那么，山水也不只是自然风光，传统文化已将山水人格化，山水含有德性。涵泳在青山绿水之间，人的灵魂受着自然的德性濡染，达到

山水得清风

修身养心，敦品励操，而将尘俗不洁的东西一洗而净。“山水得清风”一语的含义，正是这样一种高士境界。

清代杰出士人戴名世曾说：“其士大夫多崇礼让，敦实行，以清风高节，砥砺末俗。”

“以清风高节，砥砺末俗”，也应是马一浮的人生志向。他镌刻这方闲章，深意自在其中。即使对于我们今人来说，“山水得清风”一语，仍然可以作为崇尚君子品德的一个座右铭。

马一浮，又名马浮，号湛翁，是我国二十世纪著名学者。曾留学日本和欧美，学贯中西，诗学、文学、哲学造诣皆深。历任浙江大学教授、中央文史馆副馆长，一生淡泊名利。于文字学有深研功力，善作书法与篆刻，在民国时期艺坛上颇引人瞩目。

民国时期的篆刻界，传承着明清两代形成的印艺传统，而在时代风雨沐浴中益加光大，无论徽派、浙派，还是吴昌硕的追踪者，皆见人才辈出。马一浮赖以博学，则属于不随任何流派，而自

一见如有约

湖山属野夫

成一家者。

王大炘也是民国时期一位非踵一师、自立一隅的篆刻家。其号冰铁，与吴昌硕(苦铁)、钱瘦铁，并称为“江南三铁”。这里有他所作白寿山石对章，白文“一见如有约”，朱文“湖山属野夫”，可以看出他的篆法刀法都能随心所欲，归于疏放不羁的那种印风。

篆刻闲章的内容，大抵是与印人的性情相关。一浮的“山水得清风”是醇儒修养，大炘的“湖山属野夫”是隐士豪情。从篆刻格调上看，一浮典雅，大炘疏野，可知艺术的内涵与外象是谐和统一的。

三六　金石乐我平生而欢欢

在现代印坛上，齐白石成为异军突起的举旗者，反对者斥之为旁门左道。硕儒马一浮就极不喜齐印。但从二十世纪三四十年代，齐派已风靡国中，似是迎合了变革的时代潮流，因而能昌盛不衰。

朱文印“妙法莲花”，是齐白石定居北京初期的作品。边款：“植支先生正，弟璜”。大乘佛教经典《法华经》，又名《妙法莲花经》。大约是民国八年(1919)，齐白石居住于法源寺时，为友人凌文渊篆刻了此印。

凌文渊，字植之，又作直支、植支。清朝两江优级师范出身，民国后任参议院议员、财政部参事，其间曾代理财政部次长、部长。善作书画，当时艺坛认为其绘画笔劲墨湛，气势磅礴，颇似明代画家陈淳、徐渭。

京派画坛当年的轴心，是陈衡恪(师曾)先生。齐白石仰赖于师曾提携，凌文渊、姚茫父亦与师曾交厚，他们屡有作品互赠，或

妙法莲花

联袂作画，民国十一年曾为纪念苏东坡诞辰八八五周年组织“罗园雅集”。凌文渊离开政界后，归去原籍江南泰州，陈、姚时已辞世，齐白石有《观凌直之画幅》诗曰：“十年朋友共燕龛，零落晨星别不堪。展卷梅花还忆旧，雪飞时节在江南。”凌文渊晚年重返北京，1944 年在京病逝，齐白石《哭直支》诗中又有句曰：“倘若陈姚知识在，相逢应续旧风流。”此诗可证，陈、姚、凌、齐为当年京华艺坛的风雅同契。

无情光阴的推移中，凌文渊的名声几于淹没。这方印章，边款只寥寥数字，“植支先生”鲜有人知，“弟璜”亦不为人留意，如不细心察之，哪能识得是齐璜的作品呢？流落在地摊上，大多过客只以为是一块普通小石。

现在我们有幸将这方小印拿来研究一番，它会告诉我们，白石老人早期有过怎样的篆刻风格。

齐白石曾经自述其学习篆刻的过程：初始看丁敬、黄易印

金石乐我平生而欢欢

谱,得其门径;后数年见赵之谦印谱,“方知老实为正,疏密自然,乃一变”;再后来,喜爱三国时的《天发神谶碑》,刀法一变;再后来,喜爱汉代的《三公山碑》,篆法一变;“最后喜秦权纵横平直,一任自然,又一大变”。所述两碑,字体都很雄伟,若隶若篆,非隶非篆。“秦权”则是指秦始皇统一度量衡时的诏版篆文。

齐白石受到古代石刻和铜篆气势的激发，引起他的印风大变。但这种变革,并非一朝一夕之事,他有诗道:“十载关门始变革。”这方“妙法莲花”章,显然是他变革之前所刻。朱文四字铁线挺直,刀法舒展,但还没有达到他变革以后的淋漓痛畅。

“金石乐我平生而欢欢”一印,则是白石后期的作品,俨然有铁笔凌厉之风。白文用单刀侧锋冲刻,斜笔恣纵率意,结字并不刻意讲求匀整。鉴赏此印,不仅感觉其语言明快,而且有着强烈的抒情性,金石家的快慰心情洋溢于方寸之间。

笔者喜好收藏印章，也喜好观赏碑帖，由此而引起研读六书，兼看甲骨钟鼎，玩习有年，便也读懂了金石的妙处。因而，“金石乐我平生而欢欢”一语，颇能引发共鸣。

有诗曰：不贪高爵拜荆韩，朝夕六书研习钻。莫道人生不称意，结缘金石乐欢欢。

听雨

人生渐老成，浏览不求精。

树影摇窗绿，雨声濯耳清。

听雪

书中味古意，窗下坐深宵。

耳畔清芬袭，心知是雪飘。

印人的文心诗肠

三七　吟风弄月，樽酒论文

“吟风弄月”这一成语，原意即是作诗。清人俞樾所著《春在堂随笔》有诗云：“烘云托月画家诀，吟风弄月诗家情。”以吟咏风花雪月，寄托思想感情，原是一个悠久的文学传统。李白的“长风万里送秋雁”“我欲上天揽明月”，就是吟风弄月的名句。

“樽酒论文”语出杜甫《春日忆李白》。“白也诗无敌，飘然思不群。清新庾开府，俊逸鲍参军。渭北春天树，江东日暮云。何时一樽酒，重与细论文。”前面四句，赞美李白诗歌冠绝于世，无人匹敌，有着高卓不凡的思想；清新、俊逸的诗句，有似南北朝时期的庾信和鲍照两大诗家。当时杜甫在渭北，李白在江东，颈联用“春树”和“暮云”两个意象，写出了远望和怀念的情谊。结尾两句说：何时能够重逢，还像往日那样斟一樽酒来细论诗文呢？

两方小章韵味古朴，了无俗气。

中国文化从根本上看，是诗的文化。即使是方寸之小的印章，寥寥几个篆刻的文字，也使我们能以感受到古典诗歌不灭的

吟风弄月

尊酒论文

光芒。

郁郁芊芊的神州大地上，诗歌与语言文字同时而产生，诗文化何其源远流长！包括音乐、美术等所有各种艺术形式，无不与诗文化血脉相通。历来优秀的书画篆刻作品，更是饱蕴诗意，本身就是诗文化的珠玑。在某种意义上，书画篆刻艺术大家也都是诗人，他们的书画篆刻往往与诗歌齐颖同芳，相映成趣。

篆刻家喜爱将诗歌文学的佳篇名句，或是自己创作的精言萃语，镌刻成闲章。这些闲章，表达着印人的感思情趣，融结了印人的文心诗肠。

历代印人所治闲章，其富丽多姿，不可胜道，实已形成了一种喧妍夺目的文学现象。

三八　男儿生不成名身已老

宋代人论诗，称杜甫为诗史；明代人论诗，称杜甫为诗圣。清代士大夫对于杜甫推崇备至，超越于其他任何诗人。

历来篆刻作品中，援用最多的成句，莫过于杜甫的诗句。

“常令宇宙新”，句出杜诗《有感五首》。安史之乱时，有些朝臣主张迁都洛阳，杜甫持反对之议，诗中写道：“莫取金汤固，长令宇宙新。不过行俭德，盗贼本王臣。”意思是说：国家的安定不安定，不是首都在何处的问题，不能依赖于城池的坚固，而是必须进行政治革新。如何能使“宇宙新”呢？不过就是要躬俭节用，减轻人民负担；反叛的“盗贼”本来也是臣民，只是因为国政不良，才带来官逼民反的后果。

可知“常令宇宙新”这句诗，含有鲜明的改革意识。此印为晚清人所刻，当时国家正处在风起云涌的变革之际，篆刻者或许会有一种政治理想的寄托。印石出寿山都成坑，两色，主色为红，而以顶面的青白色雕作双龙钮，可谓巧致。印文将“宇”字拉长，置

常令宇宙新

于中位，增添了结字的对称美感，略见意匠。

“从来多古意，可以赋新诗”。此联为集句，上句出自《登兖州城楼》，下句出自《已上人茅斋》。集唐诗句是清代文人的一种雅兴，从杜甫的不同诗篇中各取一句，不但对仗工整，而且意蕴别出。联句启示我们：若要写好新诗，须有古意涵容其中；不仅写诗属文是这样，任何推陈出新的事情，其实都会包含着对前人精华的继承。

“男儿生不成名身已老”，句出《寓居同谷县作歌七首》。在安史叛乱的大动荡年代，杜甫携家逃难，困居同谷县时，写下了这篇悲壮的“七歌”。

其“一歌”中写他天寒日暮时，在山谷里捡拾橡栗，手脚冻裂、皮肉都失了感觉，那种窘境，实已陷于饥寒交迫之中。诗人以苦痛凄寒的笔调一直写下来，写到“七歌”时更加悲忿难忍，结尾几句慨然歌曰：

从来多古意

可以赋新诗

男儿生不成名身已老，三年饥走荒山道。长安卿相多少年，富贵应须致身早。山中儒生旧相识，但话宿昔伤怀抱。呜呼七歌兮悄终曲，仰视皇天白日速！

杜甫当时年方四十八岁，而过多苦难使他感到已经衰老。有抱负而不能伸展，却在荒山路上过着忍饥挨饿的生活。联想到朝中很多年轻的卿相，他便不禁要问：难道人就应该像他们那样只知道尽早去争夺富贵吗？山中遇到旧日相识的读书人，说起往事来也都伤怀不已。于是，不禁“呜呼”一声写道：我的“七歌”只能悄然而结束了，仰视皇天，看这光阴是多么快速地流逝而去啊！聚集在那一声“呜呼”中的悲悯情怀，仿佛有着震天撼地的力量。

杜甫的时代毕竟已经远逝，“七歌” 的苍凉感也渐渐被时光消解。而今品读“男儿生不成名身已老”的诗意，倒似乎含有一些疏狂自嘲的意味。不知篆刻家出于怎样的心情，设计了这一方印

男儿生不成名身已老

章，却是可以使许多男儿感心触绪的。

秦玺汉印曾有界格的作法，四字作“田”字格，两字作“日”字格，而多字界格似乎罕见。此印画了界格，以直线将印面等分为九格，每格嵌入一字，布局颇妙。界格用于白文，各字笔画宜简，且容易出现臃肿或板滞之病，此印却能调度匀当，白文既显壮美，亦留有足够的朱地，不仅整齐谐洽，而且活泼有趣。料非名石，篆非名家，却也大有可赏味之处。

三九　为人性癖耽佳句

再看两方篆刻杜甫诗句的闲章，这是笔者在平遥街头所遇。一方石章，印体硕大，文为“风磴吹阴雪，云门吼瀑泉”。另一牙章却很小，印面宽仅 1 厘米，长不足 2 厘米，文为“为人性癖耽佳句”。

石章显得粗拙，出自民间刻手，篆法却于匠气中颇见风趣，反胜名师门下之死守教条者。牙章精小，朱文工巧纤妍，细入毫芒，大概是当代篆刻家很少能有这般功夫的，或者说是现在盛行“创新”之风，根本就不屑于这种小品之作吧。

“风磴吹阴雪，云门吼瀑泉”，诗句出自杜甫《陪郑广文游山林十首》之六。这两句诗，状写瀑布，上句描景，下句写声。时在夏季，并无降雪，“阴雪”形容瀑布飞溅银珠之壮观，及其给予人的那种萧冷感。写瀑声用了一个“吼”字，让人如临其境，犹似立刻感觉到了山谷间的那种巨响的震憾。

笔者自学生时代读了杜甫不少的诗篇，至今未能遗忘，所收

风磴吹阴雪　云门吼瀑泉

一些闲章，其实常常是出自对于诗歌的喜好。

杜甫何以能够留下那么多的感动世人的佳作呢？其中有一条不可忽略的原因，就是他在诗中告诉我们的："为人性癖耽佳句，语不惊人死不休！"我们在赏读他每一首作品的时候，是不是也应该想到他这种"语不惊人死不休"的精神，应该把这种精神汲取到我们的学业和事业中来呢？

有次在《收藏界》杂志上，偶尔看到一篇短文，介绍康熙进士查升的一方闲章，所刻"行藏独倚楼"句出自杜甫《江上》一诗。彼文作者不知是杜诗，并将"行藏"二字竟然误解为"行去"。

杜诗"勋业频看镜，行藏独倚楼"，紧接下句是"时危思报主，衰谢不能休"，表达了诗人在漂泊流离中思念往事，关怀君国，而抱负难酬的伤慨情怀。"行藏独倚楼"是这首诗中意蕴最深的一个警句，每被后来文人引用，借此感怀世事，旷然自慰，误解为"行去独倚楼"便不知所云。彼文解释说，这首诗是"闺房女子"

为人性癖耽佳句

“胭脂气味”的东西，简直令人啼笑皆非。

笔者为此致函《收藏界》编辑部，指出其谬误，该杂志很快照登了。拙函并写道：“艺术品收藏中发生辨识错误也是常事，这就需要我们学习历史和文学知识，遇到问题精心钻研。我爱好收藏明清篆刻，颇愿与同好友人交流联系，相互切磋为乐。文玩收藏可以陶冶性情，可以寄托胸襟。我们虽然比不上伟大诗圣‘时危思报主，衰谢不能休’那样的雄宕志操，但也曾经有过丹心热肠，现在耽于文玩收藏之中，又何尝不是一种‘行藏独倚楼’的心境呢？”写这函件是十多年前的事了，而今对着“为人性癖耽佳句”这枚小章，不禁有感于愈益浮躁的风气。诗文笔墨泛滥，而品质日下，文物收藏界也几乎完全商品化，很少有人去深入研味历史文化的精髓。处在假语村言、尔虞我诈的情境下，最令人企慕的便是那种绝不人云亦云的“性癖”的人格。我们不能只是“行藏独倚楼”了，而是应该让“为人性癖耽佳句”的杜甫精神光大起来。

四〇　第一功名只赏诗

杜甫的《观公孙大娘弟子舞剑器行》，是一篇七言古诗，诗前有序。序中写道，公孙大娘舞剑器“浏漓顿挫，独出冠时”；又说到书法家张旭，因观看了公孙氏的剑舞，“自此草书长进，豪荡感激”。序文不长，文笔绝妙。

拿起“观剑舞、悟书法”这方印章，自然会想到杜诗及其序。清代的楚桥刻制了这方闲章，可知他不仅专攻篆刻，而且对于唐诗，乃至对于草书，必有嗜好，亦必钻研。

楚桥，本名黄学圯，江苏如皋人，清嘉庆、道光年间著有《历朝史印》十卷，《楚桥印稿》四册。

另有两方楚桥的遗印，原是同一青田石切割，四侧山水薄意亦可联袂，显为对章，然皆为朱文，有款曰：“道光二年春，楚桥”。一方印文为：“第一功名只赏诗”，另一方：“学到古人难”。

“第一功名只赏诗”，出自唐代诗学家司空图的诗中。

司空图是河东虞乡（今山西运城）人，进士及第，曾为朝官，

观剑舞 悟书法

后归隐于中条山，与山僧高士游咏于泉石林亭中。著有诗文《一鸣集》，尤以《二十四诗品》成为中国文学史上的经典名作。

《力疾山下吴村看杏花》是司空图一组绝句，其第六首写道：

浮世荣枯总不知，且忧花阵被风欺。
侬家自有麒麟阁，第一功名只赏诗。

麒麟阁是汉代宫中的楼阁，有卓著功勋、享国家荣誉的人，可将其画像置于阁中，因而成为最高功名的象征。这首诗意思是说，诗人的家里如同自有麒麟阁，诗歌便是第一功名，用不着皇帝恩宠的虚荣。

如果将此诗视为拟人写法，诗意便可用杏花的口吻，作如是表述：人世间忽荣忽败的事情，哪能说得清楚呵，连我们这繁浓如阵的花儿都让人担忧着，不知何时会被狂风吹散呢；花界有我

第一功名只赏诗

学到古人难

们自家的麒麟阁，我们不喜欢那些爵禄富贵，不需要官家恩赐，在我们杏花看来，诗歌才是第一功名。

中国的读书人，从来都是怀着修身、齐家、治国、平天下的理想，而踏上科举之路。然而，很多人却又由入世主义，转而成为出世主义，淡泊功名，藐视公卿，或息影山林，访仙修道，或沉醉于琴棋书画，诗酒风流。有的是科举不利，累试不中；有的是仕途多蹇，宦海沉沦；有的是愤世嫉俗，不满于官场污浊，甘愿辞官归隐；有的是遭遇家国事变，社稷颠覆，只得逍遥世外而苟全身家。无论怎样的情形，他们以自身的生命体验，在出世与入世的比较中，总会感悟人生自由的可贵，“第一功名只赏诗”这个精湛的诗句，于是也就得到了大家的共鸣。

司图空是由入世转为出世的一位典型士人，晚年曾遇后梁朝召其为礼部尚书，坚拒不受，绝食而死。“第一功名只赏诗”所以能成为千古警句，因为这句子里有诗人的灵魂。再说篆刻家楚桥,他所以将司空图的诗句镌治上石,必定也是一位出世主义的读书人,在这方印章上,必定也刻入了他的灵魂。

四一　世人皆浊我独清

朱文闲章:“聊浮游以逍摇”(“摇”通“遥”)。边款:“乙丑秋日写,李应斗”。李应斗是一位近代书法家,学欧阳询,享誉津门。

随形章,印文:“世人皆浊我独清”。边款:“顽石作”。顽石即是石云润,江苏常熟人,清同治年诸生,篆刻书画皆工。

以上两则印语,分别出自屈原《离骚》和《渔父》。

《离骚》是我国文学史上最壮丽的抒情诗篇,全诗展现着奇瑰而浪漫的境界,表述着诗人屈原的理想和炽热追求。“欲远集而无所止兮,聊浮游以逍遥。”意谓:将要奔赴远方,而尚无安居之处,不妨四处飘荡,暂且逍遥。这里的“逍遥”,不同于庄子的“逍遥游”,屈原是怀抱着他的政治信仰,而“乘骐骥以驰骋”,“上下而求索”。《离骚》中相似的诗句还有:“折若木以拂日兮,聊逍遥以相羊(徜徉)。”“和调度以自娱兮,聊浮游而求女。”他所寻求的“美女”,就是他心中美好的政治理想。

屈原的“美政”愿望既不能实现,他便决意追随商朝投水殉

世人皆浊我独清

聊浮游以逍摇

节的贤大夫彭咸，自沉于汨罗江中。沉江之前，留下了一篇与渔父的对话。渔父问曰："子非三闾大夫欤？何故至于斯？"屈原答："举世皆浊我独清，众人皆醉我独醒，是以见放。"

当全社会都是一团混浊的时候，独自一人要自守清白，这是多么不容易的事情啊！大家都已经沉醉如泥的时候，一人还能独自清醒，试想，我们今天又有谁能做到呢？

所以说，屈原是伟大的。他的坚贞、高洁、不屈的品格，赢得了人民世世代代的怀念和敬仰。

李白诗曰："屈平诗赋悬日月，楚王台榭空山丘。"

杜甫写道："不薄今人爱古人，清词丽句必为邻。窃攀屈宋宜方驾，恐与齐梁作后尘。""屈宋"指屈原、宋玉，希望与楚骚并驾齐驱，也是历来中国诗人的最高理想。

爱古、崇古、摹古的情志，并非是因循守旧的思想，而是一种极为可贵的文化传承意识。其所以极为可贵，是因为在传统文化

爱古人

摹古人

中，凝练着先贤的品德修养和人生经验的结晶，闪烁着祖代相传的智慧光芒。

然而，正如上文楚桥的一方印章所镌："学到古人难。"

"立脚怕随流俗转，留心学到古人难。"这是宋代戴复古的诗。原诗是一首七律，此二句是颈联，接下来的尾联是："漫天桃李争春色，输与寒梅一点酸。""漫天桃李"对应上联的"流俗"，"寒梅"则是象征"古人"。

戴复古此人一生不仕，笃志于古学，大概像他的名字一样，真是一个复古主义者。复古主义不等于保守主义，复古的意义是在矫正流俗中前进。

尽管漫天都是桃李争春，诗人却鄙夷那种流俗，他追求的只是寒梅的高洁。这无疑也是向往屈原的思想境界："安能以皓皓之白，而蒙世俗之尘埃乎！"

四二　云山何处访桃源

陶渊明在中国文化历史上，是一个不死的灵魂。他的诗歌文章让人陶醉，因为他用高超的笔法，描摹了一种纯朴、自然、淡静、平和的生存环境，那是一个最适合人类心灵寄托的田园。千百年来，无数的诗人一直在模仿陶渊明的创作，画家们一直在水墨丹青中描摹陶渊明的诗意，书法家们更是反复地把陶渊明的诗文制作成了真草隶篆作品，仿佛陶渊明是一个取之不竭的艺术源泉。

篆刻家们也在方寸之间，潜心镌刻着渊明诗文名句。例如：丁敬有“采菊东篱下，悠然见南山”；巴慰祖有“乃不知有汉，无论魏晋”；赵之谦反用陶潜语，篆有“为五斗米折腰”；《小石山房印谱》辑有旧刻《归去来兮》印五十三方。

笔者所收数印，未必出于名家之手，但都是清到民国时期的作品。

㈠“采菊东篱下，悠然见南山”。朱文印，临摹丁敬。用陶潜

云山何处访桃源

《饮酒》诗句。

㊁“自谓是羲皇上人”。陶潜《与子俨等疏》中有语：“常言：五六月中，北窗下卧，遇凉风暂至，自谓是羲皇上人。”羲皇，指上古时的伏羲氏。上古之世风气质朴，人民想必是非常闲静恬适的，因此，后世的隐逸之士常自称“羲皇上人”。

㊂“乐琴书以消忧”。《归去来辞》是陶潜辞去彭泽令之职，初归故里时，写下的一篇精美的韵文，描写他归里隐居的感怀。其中写道：“归去来兮，请息交以绝游……悦亲戚之情话，乐琴书以消忧。”

鲁迅《魏晋风度及文章与药及酒之关系》一文中说：

> 到东晋，风气变了。社会思想平静得多，各处都夹入了佛教的思想。再至晋末，乱也看惯了，篡也看惯了，文章便更和平。代表平和的文章的人有陶潜。他的态度

采菊东篱下 悠然见南山

是随便饮酒，乞食，高兴的时候就谈论和作文章，无尤无怨。所以现在有人称他为“田园诗人”，是个非常和平的田园诗人。他的态度是不容易学的，他非常之穷，而心里很平静。家常无米，就去向人家门口求乞。他穷到有客来见，连鞋也没有，那客人给他从家丁取鞋给他，他便伸了足穿上了。虽然如此，他却毫不为意，还是“采菊东篱下，悠然见南山”。这样的自然状态，实在不易模仿。他穷到衣服也破烂不堪，而还在东篱下采菊，偶然抬起头来，悠然的见了南山，这是何等自然。现在有钱的人住在租界里，雇花匠种数十盆菊花，便做诗，叫做“秋日赏菊效陶彭泽体”，自以为合于渊明的高致，我觉得不大像。

鲁迅的评论很深刻，盈篇妙语。陶渊明是一个平和自然的

自谓是羲皇上人

乐琴书以消忧

人,所以才能写出自然的诗。要把这种自然表现在印章上,篆刻家也实在是难以达到的。

《桃花源记》也是陶渊明一篇名文,虚构了一个避世隐居的境地,引起人们的无限向往。其后,南朝又有人写了刘晨、阮肇在大台山遇仙的故事,发生地也说是桃源洞。"桃源"便成为历代文学频繁引用的一个典故。李白写道:"一往桃花源,千春隔流水。"宋代秦观《踏莎行》写道:"雾失楼台,月迷津渡,桃源望断无寻处。"

白文印"云山何处访桃源",大约是晚清时寒士消遣之作。语出唐代戴叔伦《汉宫人入道》一诗。

直到当代,"桃花源"在诗文中仍可较多见到。"不知陶令何处去,桃花源里可耕田。"这是毛泽东《登庐山》的诗句。一个经典的文学意象,其生命有多么长久,看来是不可估量的。

四三　孤岛中川，白云幽石

谢灵运与陶渊明，都擅长作自然之诗。两人在文学史上的地位，并不枝梧相妨，陶称为田园诗人，谢称为山水诗人，并称“陶谢”。杜甫说：“陶谢不枝梧，风骚共推激。”清代人又把陶谢与李白、杜甫并列，有诗云：“陶谢与李杜，大冶归陶镕。”

谢灵运出身于显赫世族，少有异才，博览好学，以文章称美。袭先人封号为康乐公，人称谢康乐。曾任永嘉太守，性好山水，肆意遨游，到处吟咏作诗，不久就称病隐居。后亦曾再度入朝，任为临川内史，却狂放依旧，只是与友人诗文赏会，游吟山泽。因遭纠劾，流放广州，又言他有反抗图谋，终被处“弃市”（死刑，杀之于市）。

谢灵运在政治上是失败的，在文学上则是成功的。才华纵横而仕途失意，造就了他孤独而高傲的人格精神。他的傲岸拔俗与幽美的湖光山色相融合，酿出了自然天成而又溢满真情美感的诗篇。在中国诗歌史上，谢灵运作为山水诗的开创者，将始终葆

白云幽石

孤岛中川

其荣名。

“白云抱幽石，绿筱媚清涟。”（《过始宁墅》）“乱流趋正绝，孤屿媚中川。”（《登江中孤屿》）都是谢灵运诗中的名句。其中的“媚”字，应是拟人笔调，一句是说“翠绿的小竹妩媚在涟漪里”，一句是说“孤独的岛屿妩媚在江水中”，不仅描绘了清新美丽的景致，而且蕴含着一种孤高婉静的人性之美。

清代金石书画家、藏书家、历史地理学家杨守敬，篆刻有两方印章，印文即是出自上述谢灵运的诗句。一方为“白云幽石”，一方为“孤屿中川”。

杨守敬，湖北宜都人，字惺吾，清同治元年举人。光绪六年（1880），黎庶昌任出使日本大臣，杨守敬随同使日，公馀致力于搜集我国古籍。时值日本维新伊始，唾弃旧学，以廉价购回宋代以来的珍稀古籍极多，著《日本访书记》，令日本人后悔莫及。辛亥革命发生时，曾往上海卖字。后被袁世凯聘为顾问，任参议院参政。撰有《历代舆地沿革险要图》等地理著作，于地理学有重大贡献。所收藏珍稀书籍，移藏故宫博物院，现存于台北。

杨守敬学殖甚厚，善考证，精鉴别，书法作品在国内和日本备受推重。其金石学最著声望，并嗜好藏印，辑有印谱。但治印不多，他的篆刻作品今更鲜见。此一对章刻于1909年，石料为青田山炮绿，印文一朱一白，边款一为“己酉孟夏，惺吾刻”，一为“守敬刻”。

杨守敬晚年精心篆刻的这对闲章，虽然久佚民间，略有磨损，而醇正金石气依然可观。印文既不用时谚名言，也不用唐诗宋词，而是选取了南朝谢灵运的雅句，可见其人襟度超佚，意念高古，博识不同于庸凡。

四四 秋水长天，落霞孤鹜

“饮之太和，独鹤与飞”。语出司空图《诗品·冲淡》。

“太和”指天地之间阴阳会合的冲和之气。饮吸着阴阳谐和，不凉不燥，温清恬淡，绝无污染，绝无噪声，纯为自然的大气，那是一种怎样的感觉呢？在寥廓无际的天空中，独有一鹤自由飞翔，那又是一种怎样的感觉呢？司空图品尝着这种诗之味，名之为“冲淡”。

这方印章的布局，真也有一种冲淡之美。篆字飘逸，恰如司空图所说：“犹之惠风，冉冉在衣”。

又一印：“云外一声鹤”，是清代朱梦庐篆刻的闲章。

宋代诗人梅尧臣，有诗句曰：“人家在何许？云外一声鸡。”每读此诗，眼前便浮现出诗人在山间旅行的情景，白云在望，而不见房舍，忽尔传来一声鸡鸣，方知人家在云外幽处。这样的意境，平和而幽远，应该也属于“冲淡”的诗品。

晚清画家朱梦庐，本名朱偁，别号鸳湖画叟，工设色花鸟。他

饮之太和 独鹤与飞

将宋诗“云外一声鸡”，改作“云外一声鹤”，“鸡”换成“鹤”，这方闲章便是又一种境界。

“独鹤与飞”有影无声，而“云外一声鹤”则是无影有声，似乎在冲淡中增添了几分清奇。

再看对章：“落霞与孤鹜齐飞，秋水共长天一色”。语出王勃的《滕王阁序》，千百年来一直是小儿能诵的经典名句。

王勃是一个天生奇才，六岁就写得一手好文章。十四岁时，上殿对策，授任朝散郎。后任虢州参军，恃才傲物为同僚嫉妒，终被坐事除名。其父因受牵连，贬为交趾县令。王勃往交趾省亲时，渡海溺水丧命，卒年仅有二十六岁。

南昌旧称洪州，洪州都督于当年九月重阳，在滕王阁大宴宾客，恰王勃省亲路过，应邀在座。都督有女婿能写文章，事先让他撰好序文，以便当众夸耀，却又假意请托来宾作序。众宾客知其用心而推却，只有王勃年纪最轻，当仁不让，接过纸墨一气写成

云外一声鹤

《滕王阁序》这篇雄文，当场众人包括那位都督在内，无不为之折服。

另有一说，王勃每撰文，先磨墨数升，饮酒至酣，盖被而眠，醒来后已完腹稿，立即挥笔成章，不改一字。

《滕王阁序》中佳句甚多，尤其是“落霞孤鹜”、“秋水长天”一联，以精炼的文辞，工致的对仗，构成了富有明净色彩和灵动情趣的一幅秋景图绘。从古至今有无数的描写秋高风光的诗词篇什，许是再也找不出可与王勃媲美的佳句来了。如果按照司空图“二十四诗品”来评量，不仅是“冲淡”，不仅是“清奇”，其中流荡着的栩栩精神，正是所谓“妙造自然，伊谁与裁”？

王勃在诗歌史上，属于初唐四杰之一。杜甫称赏初唐四杰，而讥讽后来的“轻薄子”，有诗云：“尔曹身与名俱灭，不废江河万古流。”

我们虽然怜惜英年王勃死于非命，却也庆幸他留下了诗歌

落霞孤鹜齐飞

秋水长天一色

文章，因而他的生命是永恒的。如果他没有文学上的成就，即使活到百岁，也没有任何意义。这便让人悟出，生命的价值在于创造，杰出人物的价值在于创造奇迹。奇伟的诗歌文章，就会像万古不废的江河一样，永远流淌在人间，流淌在人类的灵魂里。

镌刻王勃名句的这对闲章，印面外方内圆，饰有卦篆和灵畜纹。上饰“乾”卦符（三阳爻），下饰“坤”卦符（三阴爻），左饰青龙，右饰白虎。朱文：“秋水长天一色”（省去“共”字）。白文：“落霞孤鹜齐飞”（省去“与”字）。钮、侧雕有人物、山水薄意。

因名家名句而雅，因高手雕镌而美，这样的艺术品总教人欣嘉不舍。无论今后流转到何人之手，这对印章定会相继珍藏，愿它能像王勃的文章一样，流芳永久。

四五　诗卷松风阁，入印有深意

笔者曾经临写过黄庭坚的诗帖，却因为时间消磨在电脑写作上，把书法学习荒废了。《松风阁诗帖》一直使我欣恋，其书法境界和诗的境界完全融为一体，那种如风如雨的泼墨气概，如枪如戟的笔画纵横，“老松魁梧”、“风鸣娲皇”、“夜雨鸣廊”的奇瑰意象，都让人心灵感宕。

偶尔在市场上遇到一方旧印，印文“松风阁”三字，四侧镌刻了诗帖的全文，后有作者名款：

> 依山筑阁见平川，夜阑箕斗插屋椽。我来名之意适然。老松魁梧数百年，斧斤所赦今参天。风鸣娲皇五十弦，洗耳不须菩萨泉。嘉二三子甚好贤，力贫买酒醉此筵。夜雨鸣廊到晓悬，相看不归卧僧毡。泉枯石燥复潺湲，山川光辉为我妍。野僧早饥不能饘，晓见寒溪有炊烟。东坡道人已沉泉，张侯何时到眼前？钓台惊涛可昼

松风阁

眠，怡亭看篆蛟龙缠。安得此身脱拘挛？舟载诸友长周旋。

道光丙申夏五月，桂山制。

在一方小石上，能把黄庭坚书法临摹得惟妙惟肖，令人不胜惊叹。

桂山，本名孙三锡，清道光、咸丰时期的篆刻家。浙江平湖人，曾任陕西周至县丞。嗜好篆刻、书法、绘画、鉴古，大约在陕西滞留年月较久，对秦汉古碑、砖刻、瓦当等，都有研究。

“道光丙申”为 1836 年，黄庭坚诗卷当时流传于文人收藏家手中，桂山必是见过此卷真迹。

印谱中有桂山所刻“家住钱塘东复东”一印，边款为“道光戊戌”，即 1838 年，与“松风阁”印制作时间相近，刀法亦无异，可作为研究孙三锡印风的佐证。

古篆刻有水波纹篆法，又有一种“薇垂篆”，将笔画作成有刺状，如蔷薇枝下垂。桂山仿古篆法，“松风阁”三字的朱文笔画，都作细波状，如同颤笔书法，避免了直笔的呆板，增强了趣味性和艺术视觉效果，这种篆法当代已经不见人用。

《松风阁》诗句句押韵，一韵到底，即所谓“柏梁体”。前一部分，以写景为主，记述夜宿山寺的所见所闻。俯见平川，仰见星斗，由参天老松而引出风声。对于“松风”的描写，用了两个奇妙的比喻，一是“娲皇五十弦”的琴声，二是“菩萨泉”的水声，使诗的意境富有了奇幻的色彩。山寺中彻夜饮酒听雨，直到天晓，“山川光辉为我妍”便是诗人在曙光中的兴奋感受。

诗的后一部分，转入抒情。瞻望山川，顿生远思，首先怀念的是已经辞世的东坡道人。黄庭坚曾师事苏东坡门下，东坡遭贬，他也随之跌足，却能始终坚守节操，友谊坚贞如初。诗中渴望相见的张侯，指张耒，当时正在谪迁黄州的途中。黄庭坚本人也是

家住钱塘东复东

流放初返，仍在流寓之中，其感念朋友之时，也是为自身伤感。写到此处，似是“惆怅难再述”，于是笔锋一转，道出了对钓台、怡亭这些名胜的向往。期盼摆脱官家的拘挛，相携友伴自由游历，这是全篇主题的归结，是诗人真挚心声的吐露。

读到“安得此身脱拘挛”，自然使人联想起李白的名句：“安能摧眉折腰事权贵，使我不得开心颜！”一方面有着强烈的家国担当意识，一方面又崇尚自然、向往自由，一代一代的中国士大夫，总是处在入世与出世的思想交错中。

能够将黄庭坚的诗卷摹刻入印，对于诗意必有深刻的理解，篆刻家孙三锡无疑是一位真诚的读书人。他远离家乡，做着一个下层小官，读了黄庭坚的诗卷，会有着怎样的感想呢？一方小印看起来分量很轻，篆刻家的心情却往往是凝重的。

四六　青灯有味似儿时

“银屏昨夜微寒”，语出宋代词人晏殊《清平乐·金风细细》一词。晏殊在朝为官，境遇优裕，性情风流，词中写尽了歌酒闲情。

这首词中写的是深秋景色。“银屏”是镶银的屏风，属于富贵庭堂的物品。“双燕欲归时节，银屏昨夜微寒”，于暮晚寒意的描写中暗含着岁月流逝的惋惜心情。词句含蓄，情思细腻，因而受到人们欣赏，篆刻家拈来作了印语。

晏殊生活的年代，比张择端画《清明上河图》稍早一些，正是北宋市井繁华、官宦豪奢之时。而南宋诗人陆游，面临的则是另一种境况了。

处在宋金对峙，战事频仍，国势艰危的时候，陆游的才情抱负偏又屡遭挫折。壮志难伸，积成了内心的忧思忿懑，于是在诗词中发泄着无穷的慨叹。他的《夜游宫》一词写道：“睡觉寒灯里，漏声断，月斜窗纸。自许封侯在万里，有谁知？鬓虽残，心未死。”

陆游的“睡觉寒灯里”，与晏殊的“银屏昨夜微寒”，都是写夜

银屏昨夜微寒

青灯有味似儿时

暮的情景，然而，完全是两种景色、两种词情。

再看陆游一首七律，题为《秋夜读书每以二鼓尽为节》，写的也是秋夜，主题则是读书。首联曰："腐儒碌碌叹无奇，独喜遗编不我欺。"一个迂腐儒者，碌碌无为，唯一喜欢而可信的事情，就是读古人的书。这似乎是一种自嘲的意味。事实上，陆游是一个胸有大志之士，并不甘当腐儒，"腐儒碌碌"一语饱含着人才不为所用的激慨之情。接着下一联写道："白发无情侵老境，青灯有味似儿时。"意思是：头发已白，无情的岁月催人进入了老年之境，而在油灯下读书的感觉，却仍然像少儿时期那样饶有兴味。

陆游酷爱读书，勤奋毕生，常常在诗中表现他的读书生活，读书使他返还童趣，使他消忧散虑，使他胸襟致远。七十五岁时所写《冬夜读书示子聿》一诗中，还又情深意切地写道："白首自怜心未死，夜窗风雪一灯青。"

"青灯有味似儿时"，是从心魂深处钩起来的一句诗，没有一

寒灯独自吟

个读书人不为之慨然感念。读书人出身的篆刻家，自然也会视之为入印的佳句。

手边这三方旧印："银屏昨夜微寒"，阳文粘边，结字得体，爽朗可人；"青灯有味似儿时"，白文参差，"镫"字篆法可取；"寒灯独自吟"，与陆游诗意亦颇相近，原印见于《小石山房印苑》，此为临摹之作，过于方正而不免匠气。

篆印原非易事，真正成为一个篆刻艺术家，大概也需要有陆游那种勤奋读书的精神。成就总是出在寒夜青灯下。

四七　杏花春雨江南

“小楼一夜听春雨”，这是陆游《临安春雨初霁》中的诗句。

临安即今之杭州，诗人当年住在西湖边上的一家客栈里。春夜的小楼上，温馨宁静，只有小雨的淅沥声清澈入耳；翌日清晨，窗明雨晴，叫卖杏花的声音，从幽深的小巷中随风传来。诗人忽生灵感，当即写道：“小楼一夜听春雨，深巷明朝卖杏花。”清隽美妙的诗句，好似春泉般的流荡而出，随即又像春风般的吹开来，朝堂内外，一时广为传诵。

元代诗人虞集，有《风入松·寄柯敬仲》词，其中“杏花春雨江南”一句，显然由陆游诗而脱出。

虞集此词，为友人柯九思南归而作。柯九思，字敬仲，浙江天台人，曾为奎章阁学士、特授鉴书博士，善于鉴识金石，博学能诗文。时当京都春回，“飞燕又呢喃”的时候，尚在朝中的虞集，想到柯九思已经回到南国家乡，于是写道：“为报先生归也，杏花春雨江南。”据说此词一出，世人争相传刻，当年也曾经名满海内。

小楼一夜听春雨

杏花春雨江南

梦随春雨过江南

屈指算来，陆游的时代已经逝去了八百多年，他的诗句还在传诵着。任凭历史沧桑变幻，而八百年前的那个雨声的春夜，那个杏花的春晨，依然停留在诗里，停留在我们的心灵里。虞集、柯九思所处的时代，也已经与我们远隔六七百年，却因为有诗歌，拉近了我们与前人的距离，沟通了今人与古人的心灵隧道。

春光明媚让人愉悦，牵人感荡；春色匆匆添人愁思，引人远怀。篆刻家和诗人一样，心怀中流溢着涓涓诗情，他们在方寸小石上，用篆刀写着那些喜春、惜春、伤春的诗歌。

“梦随春雨过江南”，历来有多人篆过，清乾隆年间成书的《飞鸿堂印谱》已有收录。

“绿蓑青笠村居”，是一幅江南风景的图画，出于唐人张志和的《渔歌子》：“青箬笠，绿蓑衣，斜风细雨不须归。”

“乐在故园秀野间”，溢满对于春风碧野的热爱，南北方印人都喜用此语。

绿衰青笠邨居

乐在故园秀野间

系春心 情短柳丝长

“系春心、情短柳丝长”，词句见于《西厢记》。王实甫这一名著的第二本第一折写道：崔莺莺自从见了张生，神魂荡漾，情思不快，茶饭少进，又正是暮春天气，“好烦恼人也！”接下来有莺莺的几段唱词，其中一曲唱道：“落红成阵，风飘万点正愁人。池塘梦晓，兰槛辞春。蝶粉轻沾飞絮雪，燕泥香惹落花尘。系春心、情短柳丝长；隔花阴、人远天涯近。香消了六朝金粉，清减了三楚精神。”唱词描绘了一个红残香殒的晚春图景，缠绵婉切的词句，深深交织着有情人的相思愁绪。

篆印者选取了《西厢记》的唱词，自然有他自己的春愁系于其中。

四八　曾为梅花醉似泥

陆游诗句为印人所喜爱者，不仅是杏花诗，他的梅花诗也很有名。

陆游，号放翁，其梅花诗有云："何方可化身千亿？一树梅前一放翁。"诗人竟然产生了这样一个浪漫的想象：将自己化为千万个人，让每一株梅花下都有一个陆放翁！可见他爱梅爱到了何种程度。

陆游曾在成都为官，居留多年，有绝句写道："当年走马锦城西，曾为梅花醉似泥。二十里中香不断，青羊宫到浣花溪。"青羊宫、浣花溪，都是成都的名胜，二十里梅香不断，那真正是足以让人陶醉的。不过，饮酒也是陆游一好，他也写过不少狂饮酣醉的诗，"醉如泥"究竟是看花而醉呢，还是饮酒而醉呢？大概是为观梅而高兴，于是狂饮，既醉于梅香，又醉于酒醇吧。

小印"曾为梅花醉似泥"，圆朱小篆，骨肉丰满，文质自如。边款："孚斋大兄雅属，庚申重阳后五日，爽泉作"。清中期书画家高

曾为梅花醉似泥

垲，字爽泉，偶治印，推其庚申年为三十二岁，以为可信。

大约自唐朝以来，从皇家到民间风俗都青睐于牡丹，视之为富贵之花。而历来文人名士，惟以清高自许，以萧散自处，耻于阿谀富贵，因而不喜牡丹，大都在诗文绘画中称赏梅花。花卉被赋予了品格，欣赏何种花卉便也有了人格高下、趣味雅俗的分别。譬如北宋林和靖，隐居杭州孤山种梅养鹤，以梅为妻，以鹤为子，有名句“疏影横斜水清浅，暗香浮动月黄昏”，写出了梅花的气质神韵，于是，他的高士情致千年以来备受欣羡。文人所用闲章中，涉及梅花的词语甚多，这些闲章的镌刻自然也体现着篆刻家自身的高情雅致。

“风娇雨秀”，语出周邦彦的《玉烛新·梅花》。此词从“溪源新腊后，见数朵红梅，剪裁初就”写起，细心观察了梅花的神态，泛起了对于岭外故人的遐想，然后诗意转到要折花插头：“风娇雨秀，好乱插、繁花盈首”。词人真的要把梅花满头乱插吗？那是怎

风娇雨秀

细嗺梅花读汉书

样一种痴爱忘形的情态啊!“风娇雨秀”一语在这里用得妙极了,不是风之娇,也不是雨之秀,而是梅花婀娜多姿,借着柔风细雨而极尽风情。在描绘梅花的词语中,“风娇雨秀”或可与林和靖的“暗香浮动”相媲美。

“细嗺梅花读汉书”,此印颇得古拙之致,字法浑朴,连印边也作了敦厚的处理,与“读汉书”的内容颇能谐合。“汉书”指《二十四史》中的《前汉书》、《后汉书》,或泛指汉代的古籍。“嗺”是咀嚼。读书时真的要在嘴里嚼着梅花吗?这不过是形容读书人的超然清高罢了。做学问的人读起古书来津津有味,那种书味的醇厚,用梅花来比喻并不为过。其实不是嚼梅花,而是嚼书香。“漫研竹露裁唐句,细嚼梅花读汉书”,这在清代,曾经是一副文人墨客喜好的流行楹联。

“月照疏梅有影,风吹密竹无声,院静鹤和人立,庭闲书共琴横”。这是一方出手不凡的篆刻作品,印文茂密,而又字字清秀,

月照疏梅有影　风吹密竹无声
院静鹤和人立　庭闲书共琴横

使人想到《诗品》中的“缜密”之美，果然犹似“水流花开，清露未晞”。一首六言短诗，写了月、梅、风、竹、人、鹤、琴、书，有声有色，构成一幅隐士闲居图。“月照疏梅”是一个静美的意象，全诗的清逸韵味由梅影引出。大约这位印人和陆放翁、林和靖一样，爱梅情结是很深沉的。

四九　壶里乾坤广阔

“我迺酒狂”印，张锡珪治。“迺”即“乃”，意为是。

张锡珪，字禹怀，江苏吴江人，清代篆刻家，遗存资料甚少，但可以肯定他是一位很有学问的人。因为“我迺酒狂”一语，出自《汉书·盖宽饶传》，如果读书不多，就刻不出这一方章来。

盖宽饶，字次公，在西汉宣帝时，任司隶校尉，相当于现在的中央监察官。皇太子的外祖、平恩侯许伯，新居落成，乔迁大喜时，文武大臣齐往祝贺，盖宽饶不去。许伯专门请他，他才姗姗而来。《汉书》记述道：“许伯自酌曰：‘盖君后至。’宽饶曰：‘无多酌我，我迺酒狂。’丞相魏侯笑曰：‘次公醒而狂，何必酒也！’”这段对话大意是：主人许伯只管给自己倒酒，不理睬盖宽饶，说：“你来晚了！”盖宽饶说：“本来用不着你给我倒酒，我是一个酒狂！”在场的丞相魏侯笑他说：“你不醉的时候也是个狂人，何必喝了酒呢？”

盖宽饶说“我是酒狂”，显示了他孤傲耿直的性格。魏侯说他

我迺酒狂

“醒而狂”，实际是嫌他在监察任上执法严厉，语中带有讽刺的意味。据史籍记载，盖宽饶为人刚直公廉，检举不法行为无任何避忌，公卿贵戚都怕他，致使京都风清纪严，无人敢犯禁。但他过于严苛，出言不免伤人，甚至触怒皇帝。最后皇帝要拿他问罪时，他含愤自杀了。大家知道他是一个忠臣，死后都感到怜惜。

以上说的是“酒狂”的出处，后来的诗文中，则把嗜酒的豪放人士都称为酒狂。如《红楼梦》第三十八回写宝玉和姐妹们做菊花诗，其中探春的《簪菊》写道：“长安公子因花癖，彭泽先生是酒狂。”“彭泽先生”指陶渊明。

陶渊明在《五柳先生传》中，自称“性嗜酒”，“造饮辄尽，期在必醉”，“衔觞赋诗，以乐其志”，他写了很多饮酒的诗。继陶渊明之后，唐朝的李白也是一个典型的酒狂。李白诗中自述：“我本楚狂人，凤歌笑孔丘。”“百年三万六千日，一日须饮三百杯。”杜甫也曾写道：“李白一斗诗百篇，长安市上酒家眠，天子呼来不上

好学忘老　存心对天
无酒学佛　有酒学仙

船，自称臣是酒中仙。”

又有一旧印，语云：“好学忘老，存心对天，无酒学佛，有酒学仙。”这几句格言，令人喜闻。“有酒学仙”，道出了酒与仙之间的关应。流行的谚语也这样说：“壶里乾坤大，杯中日月长。”“壶里”说的是道士、神仙，“杯中”说的是酒狂、醉客。

《后汉书·方术传下》记述：费长房是一个管理市场的官员，有卖药的老翁在街头挂一个壶，收市之后，老翁就跳进了壶中，费长房在楼上看见，觉得老翁是个非常之人。到第二天，费长房特意拜访卖药老翁，随老翁进了壶中，里面竟然是华丽的玉堂，陈列着美酒佳肴，一起饮宴后才从壶里出来。依据这个故事，“壶天”便是仙境，那个老翁便是仙人，也被称为“壶公”。

李白晚年有一首诗，题为《下途归石门旧居》。诗中写他拜访一位旧友，“握手无言伤别情”，回忆起昔日“云物共倾三月酒”的情景，而对友人“素书满案”的道士生涯表示羡慕。下面接着写

信壶里乾坤广阔 叹人间甲子须臾　　　　樵峰铸谷

道："何当脱屣谢时去？壶中别有日月天。"又说："数人不知几甲子，昨来犹带冰霜颜。"流露了李白访道求仙的理想：怎么能够脱离尘世，到那别有日月天地的壶中去呢？人间已数不清过了多少甲子了，那道人好像昨天才见过，还那样面颜洁白，青春盛年一般。

"信壶里乾坤广阔，叹人间甲子须臾"，此印作者董汉禹，字沧门，清代福州人。用了李白诗意，石美、篆精、意雅。

大凡文学艺术，一定是要看作品，不能听名声，埋名的卓逸人士历来有之。而今媒体发达，出名多靠炒作，往往名气很大的人，作品一塌糊涂。本文所涉张锡珪、董汉禹两位篆刻家，虽没有名气，作品颇佳。董汉禹刻的另一小印，阴文"樵峰铸谷"，巧秀可人，造语亦新奇。

五〇　颠来倒去，不害心烦

篆刻有增损法，有挪让法。邓散木《篆刻学》说："汉印有增损之法，笔画之繁者，减之使简；笔画之简者，益之使繁。减，所以求宽畅；益，所以求茂密。"又说："挪让之法，见于汉印……每遇字有空处，无法填补，或一字笔画，多画偏颇，无法使之平方正直者，则除屈伸其笔画外，再就字之左右或上下，伸缩其所占地位，使之牝牡相得，此之谓挪让。"

所见印章中，增减笔画的情况较多，变化文字结构的挪让情况也时有出现。无论增减，还是挪让，都以古文字为据，不是随意为之。但偶尔也有篆刻者弄巧作奇，让人难以辨认。

曾在2006年北京拍卖会中，出现一对芙蓉石旧印，制作足够精良，大约因为篆法奇异，印文难辨，无人竞拍。

一方文为："风飘飘而吹衣"，语出陶渊明《归去来辞》。其篆法是："风"字下二横画，"票"字下二横画，用"重字法"，代替了"飘飘"二字。这种挪让，虽然有些异常，尚可通融。

风飘飘而吹衣

颠来倒去 不害心烦

另一方印，却让人十分迷惘，字不能识，意便不解，斟酌日久，几乎失去辨认的信心。偶然想起了《西厢记诸宫调》中的一句唱词，便去翻书查阅，这才终于解开了一个谜团。

诸宫调是宋金时代流行的一种说唱文学。金代董解元所作《西厢记诸宫调》，是后来王实甫写作元曲《西厢记》的蓝本，也是现今唯一存世的全本诸宫调著作。

《西厢记诸宫调》第一卷，写到张君瑞在寺院初遇佳人，“五魂悄无主，道：‘不曾见恁好女，普天之下更选两个，应无。’”竟以为是水月观音菩萨现身了。寺僧法聪见张生心乱，劝他说：“先辈休胡想，一一话行藏：不是贫僧说谎，适来佳丽是崔相国女孩儿，十六七，小字莺莺，说甚观音像？”接着写道：“张生闻语，转转心劳攘，使作得似风魔，说了依前又问当；颠来倒去，全不害心烦。”

让人久久迷惘的印文，八个朱文篆字，原来正是：“颠来倒去，不害心烦”。“不”、“心”、“烦”三字好认，其馀：

“颠”字用古篆法,《六书通》注为“光远集缀”。

“来”用古字“倈”,而将“人”字旁挪到了右侧。

“倒”字,将“人”字旁挪到“至”的上头。

“去”字,下半部“厶”借用“倒”字的“刂”旁。

“害”字的篆法,《六书通》注为“古孝经”。

《西厢记诸宫调》中“颠来倒去”一语的原意,是说张生迷恋佳人,好像疯魔了似的,缠住僧人打问崔莺莺,问来问去,才说不问了,又要反复问,完全不害心烦。

看来,弄明白古文字并非易事,研究金石学问也需要入魔,需要问来问去,需要有那种“颠来倒去全不害心烦”的功夫。

五一　水边林下养疏慵

在我国宋代，儒家学者“二程”（程颐、程颢）开创了理学。杨时是二程的学生，罗从彦是杨时的学生，李愿中是罗从彦的学生，朱熹是李愿中的学生，他们所传承的学说，被认为是二程学说的正宗，即所谓“程朱理学”。杨、罗、李都是福建人，朱熹长期在福建崇安、建阳讲学，因此他们又被称为“闽学四贤”。

理学的基本观点，大概是经典义理的道统论，以“修齐治平”为纲领，强调“存天理，灭人欲”的道学修养。但是，也不要以为他们只是板着一副苍白面孔的道学家，他们也有文学的一面，有诗性的一面，“闽学四贤”都能写诗。文学是一种人性化的东西，不论是怎样的严色冷血的人，除非他不写诗，只要一写诗，就会有情有感，就灭不去“人欲”了。

李愿中年轻的时候，找到罗从彦门下拜师问道，罗从彦给他写了五首诗，旨在勉励他专心志学，其中一首却是这样写的：

水边林下养疏慵

权门来往绝行踪，一片闲云过九峰。

不似在家贫亦好，水边林下养疏慵。

这首诗无论怎样解释，诗性总是多于理性。从字面直接去看，意思便是：不登权势之门，不去问官求职，而是像一片闲云一样，自由地在山间飘荡着；也不用像在家里那样要求丰衣足食，过着清贫的生活也是好的，就在这江湖边、山林下修养身心吧，宁愿养成一种懒懒散散的性情啊！

“水边林下养疏慵”这一诗句，后世流传开来，人们不再去推究理学家的原意，而是成了散澹情怀的豪语，博得许多的潇洒文人、致仕官宦、隐逸野老的喜好。

不知是哪一位印人首先将这句诗引入篆刻的，这里的两枚章，一是水晶冻石方章，有隶书款为“晚春老人”；一是老岭青石随形章，边刻“戚公”二字。

水边林下养疏慵

两印相比，刻有“戚公”款的一方，略显逊色。戚公是现代学者戚叔玉，曾任上海文史馆馆员。

晚春老人的印，布局看似无奇，实则堪称绝妙。其左右各置二字对称，居中三字紧密如系，匹配恰到好处，适以相成。篆法完全从雅正路上来，藏锋敛锷，中和宜称，不标新立异，不故作离奇。欣赏这方篆刻之美，足以予人省悟一个道理：大美在于平正，而不在于新奇。

晚春老人，是清代书画家汪士慎的别号。汪士慎能诗善画，精通篆刻，是“扬州八怪”之一。其人品孤傲，不屑世好。他与金农、郑燮都有深挚交情，金农评论他画梅花“千花万蕊，管领冷香，俨然灞桥风雪中”。板桥也称赞他“清品极高”。他晚年先是左眼失明，刻印曰“尚留一目著花梢”，为人画梅、写八分书，精妙甚至胜于以前。随后双目失明，仍能挥写狂草，署名“心观”，表示“盲于目，不盲于心”。他用卖画钱在扬州北城购了一处逢窗小屋，“衡门两板，窅如空山”，在那里度过了晚年，于七十四岁辞世，著有诗集《巢林集》。

“一椽深巷里，半榻乱书横。”“野服常凋敝，春衫旧绮罗。”“稚女剥山果，老妻烹茶羹。”这些诗句，是汪士慎对他的生活状况的记写。如此清贫的生涯，应合了“不似在家贫也好”那一句诗。“水边林下养疏慵”这方印章，也就成为晚春老人的人生写照了。

五二　平生金石结良朋

金石二字，在学说上有一个特定含义，金是钟鼎，石是碑刻。专门研究古代的钟鼎彝器、碑碣石刻，考辨鉴赏古代的隶篆文字，这样的一种学问就是金石学。古代金石上的文字，正是印章篆刻的渊源，后世的文人篆刻是以秦刻汉篆为圭臬而发展起来的。正如元代印学家吾丘衍所说："学篆字，必须博古，能识古器，其款识中古字，神气敦朴，可以助人。"因此之故，篆刻家没有不研究金石的，金石学与篆刻学几不可分，许多印人也是博学的金石家。

清代著名金石家武虚谷，乾隆进士，博通经史，长于考证。他是河南偃师人，听说有个地方打井挖出了古碑，是晋代刘韬的墓志，他就急于要买到手，而且不顾石碑沉重，自己背着走了二十多里路，到家就倒下了，几乎累死。

又有光绪年间北京一篆刻家，名叫广文石，旗人，住香山健锐营，善取河石子刻印。居室中四壁萧然，环顾累累都是所刻石

曾登琅邪 手拓秦刻

印，王公贵人喜好其印，但他从不轻易给人。平生无妻无子无朋友，孑然一身，留有印谱传世。民国笔记《眉庐丛话》有此人的记载。

举上述两例，可知凡走到金石与篆刻这条道上的人，很容易入迷，惟以金石为朋友，忘乎其他一切。我们可以把这种现象，称之为“金石精神”。

“曾登琅邪、手拓秦刻”，是一位金石家曾经去往山东胶南琅邪山，拓了秦代石刻，因而治印作为纪念；“平生金石结良朋”，表示对于金石的感情如同亲密朋友一般，黄士陵、徐三庚等大家都曾以此语治印；“石不能言最可人”，是把印石视为婴儿，它虽然不会说话，却让人心爱地要把它抱在怀中。这些篆刻作品的内容，正是“金石精神”的直接表达。

清中期篆刻家钱善扬，字顺甫，号几山，作印以汉印为宗，所刻“平生金石结良朋”一印，可以称为他的代表作。白文逼边，不

平生金石结良朋

留空隙，甚至有破边处。篆字虽方正，而笔画不求太光，头尾不求太齐，宛如带有模糊的残碑形迹，显示了他力求仿汉的高古印风。

此印石料为晚霞红高山石，加之包浆历久，流溢着古艳之美。印高 11.8 厘米，边侧镌刻了韩尌写给雨苍先生的一首诗，原文如下：

上探仓颉下邱坟，读破藏书宗派分。
下笔宋人能刻叶，得心郢匠善挥斤。
烂钩破玉蛟螭篆，汉印秦章蝌蚪文。
练薛两家堪媲美，闽中宿学合称君。
题为　雨苍先生正　桂舲韩尌。

上面这首诗，前六句是概述篆刻的历史。仓颉是传说中的中

石不能言最可人

国文字创造者,“邱坟”指传说中的古代文献三坟、五典、八索、九邱,“宋人刻叶”和“郢匠挥斤”是两则典故。

据《韩非子》记述,一个宋国人为其君作象牙雕刻,用三年时间刻了一片楮叶,放到真的楮叶中都难以分辨出来。又据《庄子·徐无鬼》记载,郢(地名)有人鼻尖上抹了点白灰,像苍蝇的翅,叫匠石来给他砍掉,匠石手持斧子,挥之如风,白灰削净,鼻子无伤,郢人站立如常。

引这两个典故,作为精巧技艺的比喻,是为了说明印章的篆刻需要高超的艺术、纯熟的技法。诗中接着又举出“烂钩破玉”、“蛟螭篆”与“蝌蚪文”,这些都是书法、篆刻的术语。

诗的后两句,是对雨苍先生的褒扬。清早期福建最负盛名的篆刻家,一位是前文已说到的陈鍊(练),别号炼玉道人;另一位是薛宏璧,其子薛铨也癖好治印,一如其父。“练薛两家堪媲美,闽中宿学合称君”,意思是说:雨苍先生不仅篆刻可以与练、薛两家媲美，而且称得上是福州当时最具高深修养的学者。

这首诗的作者韩崶，字桂舲，是清代名臣，官至两广总督、刑部尚书。嘉庆年间，韩崶曾在福建做过一任布政使，他给雨苍先生的诗就是这个时候写下的。

雨苍本名林霔，嘉庆十年著有《印说十则》，其中写道："刻印刀法，只有冲刀、切刀，冲刀为上，切刀次之，中有单刀、复刀，千古不易。"这是篆刻史上最早对于刀法的明确表述。

钱善扬、韩桂舲、林雨苍，都是同时代的江南人物，钱刻印，韩作诗，赠与林，"平生金石结良朋"在这里便有了双关的意义，他们既是共同嗜好金石，共同以金石为良朋，同时又以一方印章凝结了他们三人之间的友谊。

五三　天与湖山供坐啸

杭州西湖的亭子湾，清代是一个骑射练武的地方。据说当年乾隆帝南游，必在此处举行阅兵。地处湖滨，风光亦佳，“亭湾骑射”被列为西湖十八景之一。那里有这样一副楹联：“未肯废登跻，天与湖山供坐啸；庶几可说情，花间风月共徘徊。”其中“天与湖山供坐啸”一句，出语奇崛，境界高迥，是用了金代高士谈的词句。其他文字大概是撰联的人拼凑起来的，下联“花间风月”句属陈词俗调，并不足以与上联匹配。

高士谈其人，《金史》仅在《宇文虚中传》中，有寥寥几句写道：士谈字季默，高琼（北宋将军）之后。宋宣和末年，为忻州户曹参军。入金朝，官至翰林直学士，有文集行于世。

所以把高士谈写在宇文虚中的传记中，因为他的被害与虚中有关。

宇文虚中是一个很有才干的人，在金国受到重用，官至礼部尚书，但他恃才轻肆，出言好讥讪，因而遭人忌恨，告发他有叛金

天与湖山供坐啸

归宋的密谋，将他下狱，审问拿不到他反叛的证据，就说他家里的书籍是“反具”，他回答审问说：“让我死，我也认了，至于书籍，南边来的士大夫家家都有，高士谈的图书尤其多于我家，难道能说他也反叛了？”结果借着他的话，真的把高士谈也一起杀了。

看来宋朝的人到金国做官，是极其艰险的事情。高士谈虽说是被冤杀，但从他的诗词中看，时时流露出怀乡念故的心情，确实也是“人在曹营心在汉”。他有一首《减字木兰花》，写道：

西湖睡起，飞絮游丝春老矣。涨绿涵空，十顷玻璃四面风。　时平事少，天与湖山供坐啸。他日西州，却怕羊昙感旧游。

这首词，上阕写西湖风景，“飞絮游丝”是描绘暮春天气，“涨绿涵空”、“十顷玻璃”是形容湖水的浩荡空明。虽然是写景，实际已把思念故国的心情凝含在昔日风光中了。下阕说“时平事少”，是指“天与湖山”，它们没有事情、闲在那儿，所以可以把它们拿来供词人坐、供词人啸。词人自己佯作无事，如果真的平静少事，也就不会有“坐啸”了，正是心中有感慨，有情绪激荡，才要呼啸，才要咏叹。到最后一句，写“西州”，写“感旧游”，真实感情终于流露出来了。

这里用了一个典故。西州，是古代的城名，故址在今之南京。羊昙是东晋谢安的外甥，谢安死后，羊昙悲伤而不愿再过西州的路，一次因酒醉，不知不觉地走到了西州门上，人们告知他这是西州，他悲感不已，一边诵诗，一边恸哭，转身而去。自此以后，“西州路”就成为一个感旧兴悲的典故。苏东坡有诗曰：“何事羊公子，不肯过西州。”辛弃疾有词曰：“莫说西州路，且尽一杯看。”

“天与湖山供坐啸”篆刻平常，结字略有不足之处。笔者因赏爱诗句而收得此印，印石高达 12 厘米，色泽深红，尚且温润。

五四　风月纵横玉笛中

“烟波跌宕红尘外，风月纵横玉笛中”，这是近代流行的一副对联。若将上下两句比较而言，上句似乎缺少一些意象美，令人流连咀味的是下句。

“风月纵横玉笛中”，这是一个多么美丽的诗句，值得我们静静地品赏。

那是一个幽美的黄昏，悦耳的笛声悠悠飘来，似从辽远的天外飘来，似从幽远的古时候飘来，那笛声中有风、有花、有雪、有月，让人的心魂随着笛声轻轻荡漾，仿佛游仙一样飘起在风月之间，感受着自然的美趣，感受着人生的怡悦。

篆刻家想要创作一件极致的艺术品，首先不是靠笔和刀，而是靠诗人的灵感。只有进入了诗的意象中，笔墨和篆刀之下才能诞生充满美感的艺术。

制作“风月纵横玉笛中”的印人，无疑是一位诗人，整个作品就是一首立体的诗。

观此印，寿山方石，浑穆大气，高达 16.7 厘米，印面边长 6.8 厘米。铁线朱文，字画天成，仿佛云淡风轻，天青月朗，空灵清秀，无迹可求。

现代画家黄宾虹，撰有《歙潭渡黄氏先德录》一文，其中记曰：“桐谷公，讳宗绎，工八分书，隶学汉《张迁碑》，篆学秦李斯《泰山》《琅琊》诸碑，又从凤六公（黄吕）学篆刻，工稳劲秀，骎骎入古。”

黄宾虹所说他的家族先人黄宗绎，正是“风月纵横玉笛中”一印的作者。

黄宗绎是清代乾隆、嘉庆年间的篆刻家，别号桐谷山樵，歙州人，《东皋印人传》中亦有载录。清代曾经形成一个影响很大的“如皋印派”，黄宗绎名列其中。

此印有鉴赏边款曰：

风月纵横玉笛中

近时谈印者，几若晨星，幸先辈诸名公，极力振刷，犹能克继前徽。观此刻，韶秀天成，真士流之笔，脱尽凡夫气习，洵印人中不群之作也。

黄宗绎字仲鸠，号荔亭，别字桐谷，歙人，精诗画篆刻，一纸一石人皆宝之。墨庄藏有数石，最为珍秘，如见此，当不知倾倒若何。

崇川南湘陆溶记。

这位边款作者陆溶，感叹“近时谈印者，几若晨星”，应是指乾隆晚期，印事较之明代与清初有所趋冷。接着，他肯定有诸位名家仍能继承前贤，赞赏黄宗绎此印“韶秀天成”，“脱尽凡夫习气”。后面提到的墨庄，即是“如皋印派”的名家乔林，墨庄虽然“藏有数石，最为珍秘”，若是让他见到黄宗绎此印，不知他要佩服得“倾倒”成什么样子。照陆溶这样说，黄宗绎此印无疑就是那个时代的一件杰作。

黄宗绎自作边款曰：“照妍媸，三者皆准于律，信则四者无伪也。海涵万象录。”这是引用了明代学者黄润玉所著《海涵万象录》中的一则语录，从字面推解其意，大概讲的是审美的道理。我们要明察其艺术创作是美好的，还是丑恶的，可以取其三件来审视，若是三件都能把握审美标准，相信第四件也就不会有讹错了。

虽然随着时代的变迁，人们的审美观念也会发生变化，但任

风月

何时候都应当“照妍媸”、“准于律”，而不能“视白成黑，颠倒妍媸”。而今颓风嚣俗之下，许多人不能辨识美丑，标新立异，“以丑为美”，文苑时显混沌，因而，读了古人的名论，不能不让人深为感叹。

陆机《文赋》说，优秀作品“与天地乎并育”，“宣风声于不泯”。历史上众多的艺术佳作，能以流传数百数千载，一直为人们所喜爱，证明了艺术魅力是永恒的，也证明了人们的审美感情是永恒的。

可以相信，“风月纵横玉笛中”的意象美也是永恒的。

室名别号的文化意蕴

五五　古代的称谓文化

人的称谓,首要的是姓名。一个人的声容态度、性情品格、行为表现、事业成败,完全与他的姓名融贯在一起。人生在世,做出了特异的事情,就会出名;甚至死后,如有业绩和著述,就会留名。人品高尚,有贡献于社会,就会美名流芳;行为不良,做了恶事,就会声名狼藉。就算你是一个最平常的人,与别人交往也要呼名道姓,无论是怎样的人,总也离不开一个名字。

姓氏,是标志宗族传衍的称号。上古时候,姓起源于女系,氏起源于男系,后世合而为一,通称为姓,姓随家祖,是不可随意改换的。名字,则是家长,或是自己成年后起下的。当代多已惯用一个名字,古代则有小名、大名之分,幼儿时起的名是乳名、小名,长大成人后另有大名。名字一旦叫出来,就为周围社会所认可,若再改名就会使人陌生,需要一个重新熟悉的过程,因而,名字虽然能够改换,却也不宜轻易改换,京剧人物出场有一句唱词便是:“老爷我行不更名,坐不改姓。”

周春 莼兮

高守中 子庸印

名与字，在古代是两个称呼，名是名，字是字。《礼记·曲礼上》说：“男子二十，冠而字；女子许嫁，笄而字。”意思是：男子二十岁时，举行加冠礼，要加一个名字。女子到许嫁的年龄，举行加笄（簪发），也要加字，所以未嫁前叫“待字闺中”。

“已冠而字之，成人之道也。”弱冠加字以后，表示进入了成年，之后只有长辈可以直呼小辈的名，朋友等人就只能称呼字，而不能再叫他姓名了。称呼他人的字，不仅表示了对他人的尊敬，而且也显示了自己的身份修养。我们看到过去的书籍中，写到人物的时候，一般都是以其字称之，而不直称其名。这种习惯一直保持到民国时期。

字是名之外所取的又一个名字，但是，字与名的意思有着关联，往往是名的含义的一种表述，所以称为“表字”。“表字”有的意义明晰，出于同义、近义，或是连类、联想所及，有的则比较婉转隐晦，或是袭用前人的名号，表示慕古之意，或者是摘自经典

史清凋 海程

旧籍,使用典故,别有寄托,其中颇有学问。

清代梁章钜,写过一本书叫《称谓录》,阐述人际关系的种种称谓及其本源,从亲属、君臣、官吏、甲第,到农商百工、三教九流,全书分列三十二卷,引经据典,搜罗甚为广泛。林则徐作序称赞作者"胸罗万有",此书"洵为盛事"。而让我们今人来看,对于古人彼此之间那些称呼的礼仪规范,不免会有一种隔膜之感。似乎从称谓文化这种细微方面,也足以使我们感受传统文化的博大精深,却又足以使我们感觉到距离古人已经非常遥远了。过去人们那种高雅、礼敬、文质彬彬的生活和交际方式,早已经被物欲流俗的喧啸所淹没殆尽了。

要了解古人的称谓文化,观赏古旧印章是一个很好的途径。印章中有名、有字,还有室名、别号等等,而且篆刻形式多种多样,搜集一些来研摩,其中兴味殊多。

清代学者周春,字莼兮,晚号黍谷居士,乾隆进士,曾任广东

藏廷鉴印

受激

岑溪知县，后归乡潜心著述，所著《阅红楼梦随笔》被称为第一部红学专著。他自镌的一方名章，布局颇为独特，上列白文"周春"二字，下列朱文"莼兮"二字，中间有显著的一道阴线隔开；虽一小印，清秀可人；边款"海宁黍谷居士"，小楷亦整洁。西晋张翰因秋风起而思食江东莼羹，成为典故，宋代周邦彦有词曰："独爱莼羹美。"周春亦江东人士，与周邦彦同乡，或亦同宗，以"莼"为字，与其名取同音，思乡的雅意自在其中。

"高守中、子庸印"，是一方极普通的姓名加字的印。其人姓高，名守中，既然"守中"，则以"庸"为字，这便符合了儒家的中庸之道。字由两个文字组成，往往是一主一辅，表意的"庸"字是为主的，前面加"子"字起到修饰的作用，"子"有美男子的意思，用在名字中常作为陪衬。

"史清漗、海程"一印，史为姓，清漗为名，海程为字。"漗"是地名、河流名，与"海程"（向海的路）其意相通。印面留边较宽，印

亮臣

心等分为四，“史清隅”三字各占其一，“海程”两字占一字位置，整体却也紧凑停匀，这种布局方法，在篆刻中是极为罕见的。

“臧廷鑑印”、“受溦”，是双面印，一面是阳文姓名，另一面阴刻“受溦”是其字。此人姓臧，名廷鑑，“廷”是家族辈分，“鑑”的意义是明镜、明察，也比喻明洁如镜的水面。“溦”即“湄”，“受溦”意思是得于水边，名与字的关联隐约可见。

人们往往将姓名、字，刻制为对章。也有只镌刻字的单章，如“亮臣”，是一枚黄杨木章，篆法颇隽永。

清代最后一位山西巡抚陆钟琦，其子名陆光熙，字亮臣。亮臣于光绪三十年（1904）中进士，入翰林，后赴日本修习陆军。毕业回国，越级提为“四品京堂”。他在日本留学时，思想倾向革命，与阎锡山同学。辛亥革命之际，他由京莅晋，有意在革命党与其父之间周旋，曾为起义事与阎锡山有过密商。据说巡抚为防备起义，已将枪弹收缴，经亮臣苦劝，其父乃允许发还枪弹。未料武装起义迅速爆发，新军于拂晓冲进巡抚衙门，亮臣闻讯出到二堂，见其父已中弹，才要上前去搀扶，也被当场击毙。放枪者并不认识亮臣，其死甚为可悲。

古籍中曾说："闻名即知其字，闻字即知其名。"其名既为陆光熙，"光熙"与"亮"同义，故以亮臣为字，其中并含有追慕名臣诸葛亮之意。诚然，以亮臣为字者，非止一人，因笔者有闻山西辛亥起义的这段历史，"亮臣"一印又得之于太原，故作如上推测，也许不无道理。

五六　文人雅号何其多

除名、字之外，另起的称号叫别号。文人雅士的别号，也是一种雅称，譬如东坡居士就是一个别号，至今人们习惯说苏东坡，几乎忘了他叫苏轼。称呼别号是对前辈先贤的尊重，尤其是后裔称谓自家的父祖先人为“某公”，通常都是尊称别号。

凡印章收藏，不乏有别号章，兹举例若干：

㈠“跨鹤主人”，边款：“雍正丁未春三月篆，卯君”。卯君即清代篆刻家张在辛，康熙二十五年拔贡，刻印严谨工稳，亦能画山水、松竹。他大概是专意于道学的，署别号“隐厚道者”，寿得八十八龄。雍正丁未，即 1727 年，是年他七十七岁。“跨鹤”是道教信仰中得道飞升之意，“跨鹤主人”应是他晚年自许的称谓。

㈡“摩诘后人”。唐代诗人王维，字摩诘。此印作者痴情于山水诗画，仰慕王维，故以摩诘后人为别号。

㈢“苦瓜头陀”。清初画家石涛，名道济，别号有：清湘老人、大涤子、苦瓜和尚。“苦瓜头陀”印，意同苦瓜和尚，若非石涛之

跨鹤主人

印，或许是石涛的崇拜者，亦未可知。

㊃“雪窗”。康熙帝之十七子允礼，善书法，兼工绘事，所作小帧绘画尤称佳品。其别号与斋号有：雪窗、自得园、静远斋、春和堂、春和老人。此方“雪窗”朱文印，制作原很精美，为允礼之印无疑，可惜侧面被人打磨，有损原貌，只是印文尚无大损。

㊄“晚香居士”。晚香指菊花，前人常见将斋室称之为晚香居、晚香楼、晚香堂、晚香阁，以晚香居士、晚香老人为别号者亦多，表示着一种喜爱菊花的情结，大抵有崇拜陶渊明的意思。

别号的通常含义，或是表示从职、身份，或是表示居处、环境，或是明志、自勉，或是慕古、怀人。文化人由于自身经历、年龄、处遇、生活感受的变化，随时可以变用新的别号，往往多个别号同时使用，各有内涵和情趣，一生中可有十数个、甚至数十个名号。

鲁迅著作《坟》中，有一篇《说胡须》。他写道：“今天喝茶之

摩诘后人

苦瓜头陀

后，便看书，书上沾了一点水，我知道上唇的胡须又长起来了。假如翻一翻《康熙字典》，上唇的，下唇的，颊旁的，下巴上的各种胡须，大约都有特别的名号谥法的罢，然而我没有这样闲情别致。”

《康熙字典》中各种胡须的名称是：上唇的叫“髭”，下唇的叫“鬚”，颊旁的叫“髯”，下巴的叫“鬍”。幸好今版《鲁迅全集》注释出来了，不然，谁又有这样闲情别致呢？

由此想到了中国人称谓的烦琐，胡子竟这样多名号，何况人呢？这样多称谓不仅烦琐，似乎也是迂腐可笑的。今天倒是简单了，不必分上唇下唇等等，一律叫胡子了。人的称谓也简单了，不管谁来称呼，不管对谁称呼，就是一个名儿，印在身份证上，再也变不了的。然而，转而一想，虽然不烦琐了，虽然不迂腐可笑了，却又似乎缺少了些什么。鲁迅的话里常有调侃的意味，他既然说没有翻字典的闲情别致，那他又怎么知道字典里有几种胡子的名号呢？其实是到了我们现在，才真正没有人去翻《康熙字典》

雪窗

晚香居士

了,真正是一点“这样闲情别致”也没有了。

研览前人留下的一些小小印章,会使我们领略到一种优雅的文化情味,那正是当今所缺少了的东西。古代烦琐的称谓方式,今天绝不可能恢复了,而抛去其外在形式的时候,却是不应该将其文化内涵一起丢掉的。在烦琐称谓的咬文嚼字之间,或许正是隐含着语言文化的精美性。尤其是前代那种博文约礼、敬贤下士、崇德尚雅的风气,仍然是值得我们回首瞻思的。

五七　室藏诗书画印

室名、斋号，可以说是又一种别号。譬如傅山，用过五十多个别号。霜红龛、青羊庵、卫生堂、乐饥斋、冷云斋，都是他的室名。室名为青羊庵，别号便可叫青羊庵主，往往也有将室名直接署作别号的。

室名的含义，有的借取景物，如“霜红”；有的标志居所，如“青羊”；有的寄托志向，如“卫生”；有的抒发感遇，如“乐饥”；有的隐喻情绪，如“冷云”。

下面兹举数方印例：

㈠“养闲草堂”，边款：“己巳小春月，江阴王尔度”。唐诗有云：“春兴随花尽，东园自养闲。”以“养闲草堂”为室名，意在闲静中修养身心。

㈡“海燕楼”。这是现代篆刻家杨仲子的室名章。杨仲子早年留学法国，曾入巴黎音乐学院学习音乐，归国后历任北京艺术学院、国立音乐学院院长。后改任南京文物委员会主任，爱好金

养闲草堂

海燕楼

师竹斋

绿云山馆

秋啸轩

石书画、文物古器。齐白石称赞其篆刻说:“仲子先生刊印,古劲秀雅,高出一时。”又说:“仲子先生之刻,古工秀劲,殊能绝伦,其人品亦驾人上,余所佩仰。”

㊂“师竹斋”。当代画家陈莲涛以“师竹斋”为室名,取虚心之意。陈莲涛擅画猫,自号“猫痴”,人称“猫王”。

㊃“绿云山馆”。主人不详。绿云意为仙境瑞云,以此为馆名,似有超尘慕仙之高怀。

㊄“秋啸轩”。秋啸是古时的琴名,以此为室名,或是琴乐爱好者,主人不详。

㊅“砚果堂”。主人梁光沂,广东东莞人。

㊆“逸经阁”。逸经指散逸的儒家经典书籍。此印为白芙蓉石,镌治精美,有边款曰:“金石怡情,汪和篆”。

清代乾隆、嘉庆年间,有学者名郭麐,字详伯,别号、室名有:频伽、白眉生、邃庵居士、灵芬馆、第一功名阁、海棠花研斋等二

砚果堂

逸经阁

篆宗商周秦汉
楷法魏晋隋唐

室藏诗书画印
庭种竹菊梅兰

十多个。郭麐少年时游学于文学家姚鼐门下，善于填词，著作多种，书法、绘画亦有成就。其所刻对章，朱文曰："室藏诗书画印，庭种竹菊梅兰"；白文曰："篆宗商周秦汉，楷法魏晋隋唐"。边款曰："丁未初夏，祥伯郭麐戏而之所作"。

当我们看到各种室名、馆号的时候，还是从外面观赏门楣，而要进入其书斋芝室之内，才能饱览文化人各自的儒雅生活内容。郭麐这两方印，就为我们披露了其庭室以内的生态景象。"室藏诗书画印，庭种竹菊梅兰"，情趣醇浓，犹如清芬袭人；"篆宗商周秦汉，楷法魏晋隋唐"，意境高古，更令人仰企不及。

五八　身贱多惭问姓名

唐诗中有一首《塞下曲》，大概老幼能诵："月黑雁飞高，单于夜遁逃。欲将轻骑逐，大雪满弓刀。"作者卢纶，也应该为人熟知，其身世却是出人意料的。他当年赴长安求取功名未成，遭遇战乱而浪迹异乡，经过一番奔波，重返故乡时，却为自己"身贱"而惭愧，害怕遇见人问起姓名。诗中写道："颜衰重喜归乡国，身贱多惭问姓名。"

卢纶诗做得好，大历年间被称为十才子之一，但他考进士屡次不中，后来虽然经人推荐做了官，职位不高，大概一生中都会有"身贱"的感慨。

把卢纶这句诗刻成印章的人，或许也是没有功名，也是为身贱心怀惭愧之人。不然，也许他是把"身贱多惭问姓名"这句诗作为自我谦虚的表示。

文人有些别号，是一种谦称，如印章中有"下里巴人"、"江南布衣"之类。这种文人谦称，其实并没有"身贱多惭"的意味，其中

身贱多惭问姓名

下里巴人

江南布衣

反而透露着一种傲气。

谦称也是古人一个称谓的传统，如自称“愚弟”、“后学”、“晚生”之类。做了官的，谦称“卑职”、“下官”，刻名章时往往要在姓名之前加一个“臣”字。

“臣王裕庆”印，阴刻，印面较大，4.5 厘米见方，应为大字书法所用。王裕庆其人生平不详。

“臣许邦光”印，阳文，细朱文，篆法清整方正，或亦可称为印文中的“馆阁体”。许邦光，字汝韬，别号莱山，清嘉庆进士，多年供职翰林院，道光年间曾任大理寺少卿。其书法名噪一时，亦有诗文存世。

臣是尊君的谦称。谦称使用过当，则会变成一种谄称，对上是献媚，对众人却是意在显示其“并不身贱”，带着一种可鄙的世俗气。

明代著名边将戚继光，字元敬，雅好文学，人尊称为“元敬词

臣王裕庆

臣许邦光

宗先生”,而他到了上司面前,却自称为“门下沐恩小的”。这种谄称现象,似乎在当代仍然会有。

五九　文人爱慕五柳贤

有鸡血石对章，一方白文：“小熊武右之印”；一方朱文：“雨邨”。可知此印主人名武右，字小熊，号雨邨。古代宫廷中左右卫队叫“熊渠”，熊渠子是古时人名，武士，善射，这大概是“武右”字“小熊”的由来。

此印的作者，是清代艺术家金士鋐。辞典中可查到如下介绍：“金士鋐，字味津，江苏常州人。工画墨梅，笔致疏落，超然出尘，有金农、华嵒之风。客维扬盐局几二十年。花卉亦饶士气。江淮间极有声誉。晚年卧病在乡，淡于荣利。卒时年近八十。”

过去的画家大都兼工篆刻，金士鋐刻的这两方印颇为别致，篆法掺入了美术，笔画或粗或细，有古铜章的自然斑斓的面目，“雨村”二字运用会意写法，留白甚多，予人以想象。

最令人喜爱的是此印的边款，镌刻了《五柳先生传》全文（个别文字与《古文观止》所载不同）。两印八个侧面满刻，文如下：

先生不知何许人，亦不详其姓字。宅边有五柳树，因以为号焉。闲靖少言，不慕荣利。好读书，不求甚解，每有会意，便欣然忘食。嗜酒，家贫不能常得。亲旧知其如此，或置酒，造饮辄尽，期有必醉。既醉而退，曾不吝情去留。环堵萧然，不蔽风日，短褐穿结，箪瓢屡空，晏如也。常著文章自娱，颇示己志，忘怀得失，以此自终。赞曰：黔娄有言，不戚戚于贫贱，不汲汲于富贵。极其言，兹若人之俦乎！酬觞赋诗，以乐其志。无怀氏之民欤？葛天氏之民欤？

右五柳先生传，为雨邨仁兄大人清赏。光绪十年甲申夏六月，江南金士鋐并篆。

《五柳先生传》是陶渊明的一篇名文，仅一百馀字的精炼描述，成为作者性情的生动写照。

小熊武右之印

作为文章结论部分的“赞”，引用春秋时齐国隐士黔娄的话说：不要悲悲戚戚地忧愁贫贱，不去急急切切地追求富贵。“极其言，兹若人之俦乎”，意思是：探究黔娄此言，所说的正是五柳先生这一类的人吧！

“不慕荣利”“忘怀得失”是本文的核心思想，而文章开始便说“先生不知何许人，亦不详其姓名”，这就不但对荣利得失毫不在意，甚至连人的姓名也认为是可有可无的，完全是一种自然主义的人生态度。

清代人有诗云：“吾爱五柳贤，独酌自成癖。”但五柳之贤，并不在于饮酒。正如梁昭明太子萧统写的《陶渊明集·序》中所说：“吾观其意不在酒，亦寄酒为迹焉。”萧统并且说，陶渊明的文章“词采精拔，跌宕昭彰，独超众类，抑扬爽朗，莫之与京”；陶渊明的人格“贞志不休，安道苦节，不以躬耕为耻，不以无财为病”，属于“大贤笃志”。

雨邨

五柳先生是一个别号，因一篇名文而成了一个典型形象。一个“不戚戚于贫贱，不汲汲于富贵”的五柳先生形象，曾经深刻影响着后世士大夫贤达的思想追求。

金士鋐作为清朝后期的一位画家，面对当时政治腐败现象弥漫的现实，毅然坚守了淡泊荣利的人格。他在印章上雕刻这篇名文，凝含着他对五柳先生的敬慕。这方印章的主人是雨邨先生，以陶渊明文章作为他的自用印边款，当然也是他本人的意愿。进而推想，不仅是篆刻家，也不仅是印章的主人，对于许多的不满于那种权势专横、民生凋敝的社会现实的正直知识分子来说，“五柳贤”正是他们心目中所共同企慕的人物。

六〇　琉璃厂篆刻名扬四方

有民国时期的一对印章，白文印："赵继鼒，字仲如，号三也，又号颜山"；朱文印："颜山赵氏怡怡园"。边款曰："怡怡园主为谁，颜山赵氏仲如也，由青岛寄石，命制是印，藉志数语，乙亥十月，张志鱼刻"。

这一对印章，有姓有名，有字有号，有室名。此人远从青岛将印石寄往北京，专请张志鱼治印。约在同一时期，齐白石也曾为他刻过对章。但不知其人在官，还是从文，情况不详。无论官民，历来喜爱名家治印，慕名寄去章料请托的同时，自然也会汇上润金。

又有一枚名章，为"邹琳之印"，边款："己巳夏五月，玉林先生惠存，堂阳寿丞刻"。

邹琳，1913 年毕业于北京法政专门学校，执律师业，后历任广州军政府司法部司长、南京国民政府财政部次长、广东省银行董事长等职，1949 年去往香港，经营工商业，1984 年病逝。其名

赵继鼒字仲如 号三也又号颜山

颜山赵氏怡怡园

“琳”字，偏旁为“玉”，故字为玉林。篆刻家“堂阳寿丞”，即是张寿丞，堂阳是今之河北新河县。

民国年间，北京琉璃厂出了名闻遐迩的“雕刻三绝”，一是张寿丞刻铜，二是张志鱼刻竹，三是朱友鳞刻瓷，他们都能治印。

张志鱼，字瘦梅，又字通玄，号寄斯庵主。北平师范大学毕业。工书善画，篆刻尤佳，以刻竹为绝艺。

张寿丞自年少时进京，从其堂兄张樾丞学习治印，于琉璃厂开店名为同古堂，兄弟二人齐名于世。当时媒体报道说：张寿丞治印，“法汉人法，为近日金石家之最有名者，故军政要人、书画名家无不请其治印，其成绩可想也。”寿丞于抗日战争之前，转往南京开辟事业，却不幸英年病逝。樾丞始终没有离开琉璃厂，同古堂店经久不衰，至新中国建立时，中央人民政府大印即是他手刻。

笔者恩师陈封雄先生，曾经撰文回忆其父师曾（衡恪）大师

邹琳之印

的画铜艺术。文中写道:“琉璃厂西头路南,专营铜质文具的同古堂,主人张樾丞、张寿丞兄弟,就是先父的熟友。”“与刻铜专家合作,在铜墨盒上作画,是先父极感兴趣的艺术生活一部分,每次他到同古堂小坐,总要留下三五幅画。不足十年,同古堂张氏兄弟大概雕刻了上千件先父的作品。”

琉璃厂原名海王村,是北京建城时烧制琉璃瓦的窑址所在。大约自明末清初以后,逐渐发展成为古董文玩市场。两三百年间,文物收藏交易活动或兴或衰,琉璃厂始终享有盛名,留下了许多文化名人的行踪和影响。因此之故,那里至今仍然是我们向往的游赏之地。笔者每在京小住,也总会到琉璃厂走走,时而还可购到喜好的旧书或玩件,然而,总不免会有昔日风光不再的感触。陈师曾那样的艺术巨匠,如高山仰止,不可再世;张志鱼和樾丞、寿丞兄弟那样的篆刻家,恐怕也难以再遇了吧。

六一　不食鱼斋与意兰室

据陈重远写的《鉴赏述往事》，琉璃厂的有名篆刻家还有一位魏长青。此人从小在琉璃厂刻字铺学徒，善钻研，写一手颜体字，治印能刻吴昌硕体。1934 年开“萃文阁”刻字处，字号存留至今。他为天安门广场建造人民英雄纪念碑做过贡献，花岗石巨碑上的题词是经他放大镏金造作的。

前些年到琉璃厂西街的书店，见二楼古籍部兼售印章古墨之类。笔者在那里购过两方价格较低的旧章：一方为“松坡居士”，一方为“意兰室”。

魏长青，字松坡。“松坡居士”印应是他的遗作。印石为青田，两面刻，另面阴刻为“窗明几静”四字。阳文用玉箸篆法，阴文的疏密对比效果尤好，颇得丰神，既有现代气息，又不失传统韵味。

“意兰室”一印，边款为“印匄”。印匄即是篆刻家寿石工，本名寿鉨，字石工。因不吃鱼，有室名为“不食鱼斋”。

寿石工毕业于山西大学堂，早年宦游无成，以后久寓北京执

松坡居士

窗明几静

教、从艺，曾协助陈师曾创办国立北平艺专，讲授诗词与金石篆刻，又在琉璃厂挂牌鬻书治印。与荣宝斋交处尤深，晚年仍在其铺中篆印。荣宝斋坐落在琉璃厂西街，经营古今书画、金石篆刻、文房四宝，原是清早期开办的一家老店。

“意兰室”即是“忆兰室”。今通用的“忆”字，古文为“意”，《六书通》“憶”的篆法都不加“忄”。这一室名的含意，显然是对“兰”的思念。查现代人士中，能知名者只有苏州的周瘦鹃，曾以忆兰为室名，别号“忆兰室主”。

周瘦鹃是二十世纪二十年代成名的现代作家、翻译家，曾任中华书局与《申报》等报刊编辑。他为青年时期的恋情，曾撰《爱的供状》一文，回忆说：“一页可歌可泣的恋史，刻骨铭心，牵肠挂肚，再也不能把它抹去，把它忘却。”“常常沉浸于甜蜜温馨的回忆之中。”他那恋人周吟萍，西文名为紫罗兰，因而他以紫罗兰花为“伊人的象征”。他不仅以“忆兰室”为室名，他主编过一个杂志名为“紫罗兰”，他的苏州故居也定名为“紫兰小筑”。

意兰室

不食鱼斋

作为“鸳鸯蝴蝶派”作家，周瘦鹃一度属于被政治环境所抛弃的人物。他本想隐居苏州，以种花养草消遣，未料他的园艺、盆景引起人们赞赏，周家花园闻名一时，中央领导亦往参观。他于是又走入了社会，参与文艺活动，被推选为全国政协委员。但不久文化大革命发生，在那个要消灭“封资修”的运动中，他属于必然要被“横扫”的“牛鬼蛇神”，据说是张春桥点名批判他，在巨大压力下，投井自尽了。

寿石工与周瘦鹃是同时期的国内文化名人。寿石工为周瘦鹃治一方室名印，似在情理之中。然此印镌刻于何时，又如何重新在琉璃厂出现，无据可考，只得存疑。

像魏长青、寿石工这样的现代艺术家，与我们的距离并非十分遥远，他们的作品本来不应该散落，他们的事迹本来不应该湮佚。然而，经过了各个政治运动，经过了“扫四旧”和“打砸抢”，许多人死于非命，许多资料遭到毁灭，在市场上捡回来的东西，其来龙去脉大多不可稽考了。

六二　收藏家与收藏印

“铜人金灯玉壶瓦尊之馆”，这是一个收藏家的室名印。因为收藏了古代的铜人雕像、铜金灯台、玉制酒壶和陶尊，便以这些重要藏品来命馆名。可知在馆室名称中，凝注着收藏家对藏品特殊的珍爱心情。

江苏常熟古里村的瞿启甲，是我国近代著名收藏家，其先祖遗藏有铁琴、铜剑各一，因而命其室名为“铁琴铜剑楼”。

“古里瞿绍基曾珍藏之印”，边款曰“铁琴铜剑楼藏石”，又曰“道光二年，岁次壬午荷夏上浣，长洲吴玑敬制”。瞿绍基是瞿启甲的孙辈。

收藏印鉴基本是用于藏书，或是收藏鉴赏书画、碑帖。纸质和织绢一类的藏品，才可以钤印。此类印章甚多，例如：

㈠“养拙山房收藏”，“养恬斋藏”。在室名之后加一“藏”字，是收藏印章的通常作法。

㈡“玉衡藏书”、“八木藏书”，艾叶绿石对章。清代翰林玉衡，

铜人金灯玉壶瓦尊之馆

古里瞿绍基
曾珍藏之印

字八木，蒙古正红旗人，清道光二十年庚子科进士，散馆授检讨。

㊂“鼻山藏”。清代篆刻家胡震，号鼻山，又号大鼻山人。此印或为后人临摹。

㊃“歙西长塘鲍廷博印”，边款“芑堂篆刻”。芑堂即清代篆刻家张燕昌，玉石小印，极见功力。鲍廷博是清中期著名藏书家，原籍安徽，流寓浙江桐乡鄔镇。乾隆时曾向四库书馆进书六百馀种，并校刊有《知不足斋丛书》三十集，时称善本。八十六岁时被嘉庆帝赐为举人。

说到鲍廷博，不能不联想到另一藏书大家吴骞。吴、鲍两家同好书业，又都不屑与流俗交处，只以诗文切磋，志操清远，从而结为厚谊。

吴骞，字槎客，号兔床，室名拜经楼，世居浙江海宁。博学好古，能诗能画，亦能治印，有多种著述。乾隆五十七年(1792)撰《论印绝句》一卷，论述印史，评骘印人，颇有见地。他的一方老

养拙山房收藏

养恬斋藏

玉衡藏书

八木藏书

寿山石印章，流落市上，历经磨损，但仍觉古雅可爱。印文为三行九字：“吴骞，字槎客，别字兔床”。

同时代的富藏古籍名家，还有江苏吴县黄丕烈。黄氏藏有宋版书百馀种，号佞宋主人，室名“百宋一廛”。佞宋，意即媚宋、迷宋。百宋一廛，意谓百种宋版书聚于一室。黄丕烈于每年除夕，要将家藏宋本书陈列起来，上花果名酒酬敬。据说当时之风，甚至以爱妾美婢换取宋书，“佞宋之癖，入于膏肓”。

吴骞在藏书事业上，不甘心落于黄丕烈之后，专意访收元版书籍，将其藏书室名为“千元十驾”。《荀子·劝学》说：“骐骥一跃，不能十步；驽马十驾，功在不舍。”所谓“千元十驾”，针对“百宋一廛”而言，意思是我吴家的千部元版，足能抵得上你黄氏的百部宋版。

吴骞藏书，不只是收藏而已，更可贵的是他对古籍善本的校抄订正、批注题跋，具有很高的学术价值。此外，他也收藏书画、

鼻山藏

歙西长塘鲍廷博印

吴骞字槎客别字兔床

印章及彝器骨董,有《兔床清玩录》予以记载。以其深厚学殖,及长期收藏古物的滋养,陶醉在校雠古书、吟诗绘画之中,自然是一种高旷的情趣。有诗称赞说:人生不用觅封侯,但读奇书且校雠。却羡江南吴季子,千元高拥拜经楼。

六三　汲古阁与席洞庭

汲古阁是藏书刻书家毛子晋的室名。

毛子晋原名凤苞，江苏常熟七星桥人。明代诸生，天启、崇祯年间屡试不就。后居家读书藏书，抛家资搜罗善本，建汲古阁聚藏古籍。后世所传影宋精本，大多是毛氏藏收。

毛子晋自三十岁始，经营校勘刻书，毕生苦志勤笃，刊印《十七史》、《十三经注疏》等古籍，多达六百馀种。因其校勘精细，雕镌工致，成书悦目，备受士人称赏，而能流布天下。一些珍稀古籍，赖有其翻刻，始得以流传。汲古阁可以说是我国古代刊书成绩最为显著的私家出版社，其在文化史上的贡献不可低估。

邓之诚著《骨董琐记》说："江浙藏书家，向推项子京之白雪堂，常熟之绛云楼，范西斋之天一阁，徐健庵传是楼，朱竹垞曝书亭，毛子晋汲古阁，曹倦圃古林，钮石溪世学堂，马寒中道古楼，黄明立千顷斋，祁东亭旷园，后则赵谷林小山堂，马秋玉玲珑山馆，吴尺凫瓶花斋及其子开万楼。"

汲古阁图书记

藏书家之多，是一种文化繁荣现象，也足以反映当年的读书风气。上述邓氏书中所列举，都是江浙一带的藏书世家，但仍有遗漏，如洞庭席氏就没有提到。但该书另有一节曾说："席洞庭，巨室也！"并叙述了毛子晋的《十七史》版，后来转移到席氏手中一事。事情起由是毛子晋因为缴纳赋税，先将《十七史》版折价四千金，质押于负责粮运的官员卢澹岩，卢澹岩用的是官库钱，后要归还官库时，毛子晋又将这部书版质押给了席家，便再没有赎还。

江苏太湖有洞庭东山，席氏是洞庭东山望族。大约在明朝末叶，席氏已经专门从事藏书刻书之业。自从得到毛子晋《十七史》版之后，席家分出一子移居常熟，刻书业迅速发展。但当时人们并不知道席氏所印《十七史》，却是毛子晋原刻。到了清乾隆时期，常熟席鉴刻印图书日益繁博，署名"扫叶山房"，成为汲古阁之后最大的民间出版坊家。"扫叶山房"后来还在苏州、上海、汉

东吴席鉴家藏书籍印

口等地开设分号,影响及于全国。

“汲古阁图书记”,是一方蓝色随形石章。阳文,篆法取古意,结体自然,颇有韵致。石形极不规整,顽然拙朴,包浆有年。

“东吴席鉴家藏书籍印”,是一方玛瑙红高山石、狮钮小印。边款为:“丙午三月廿又二日,为芙萸山人镌于酿花草堂,秋圃”。此印的文与边都有磨蚀,显见年久,然尚清晰可识。席鉴号芙萸山人,室名酿花草堂。秋圃是清乾隆年间贡生黄知彰,善画山水,嗜好收藏、鉴古,所居南汇与常熟较近,大约常与席鉴交往,此印即刻于席氏宅中。

这两方古旧之印,外相极其平常,无任何诱人之处。也许只有痴于读书的人,才能知道它们的分量吧。

六四　名号之印，志以箴言

上文说到席鉴的书坊名为“扫叶山房”。何谓扫叶？北宋时，平棘（今河北赵县）人宋绶，博通经史百家，喜藏异书，而且所藏书都经亲手校勘。他说：“校书如扫落叶，一面扫，一面生，故一书三四校，犹有脱谬。”这就是“扫叶山房”命名的出处。

还有一种传说，当年叶氏家也以藏书刻书驰名，叶家与席家同在吴中，有争利之嫌，“扫叶”便一语双关。但这种说法恐不可靠，抑或是以小人之心度君子之腹。

到了清朝晚期，苏州叶昌炽成为藏书名士。

叶昌炽，字菊农、鞠裳，号缘庐主人。室名：缘庐，八百经幢室，佛顶尊胜陀罗尼经堂。光绪十五年（1889）进士，历任编修，国史馆总纂，甘肃学政。他在甘肃任职期间，通过敦煌县令汪宗翰得悉，敦煌石窟发现有洞中暗藏着经卷古籍，当时曾责令王道士封存，并建议巡抚运回兰州，却因经费问题未能实现。至其谢职离开甘肃后，闻知经籍被王道士盗卖与外国人，他为此事深感悔

吴郡叶昌炽字鞠裳印　　还家贫不死　读尽旧藏书

恨。清亡后，以遗老自居，藏书校书为业，精于版本、目录、校刊之学，蓄明清文集与宋元佳本甚多。所著《藏书纪事诗》一书，遍考历代藏书家事迹，成为我国藏书纪史的开宗之作，具有极不寻常的文化意义。

叶昌炽致仕还家之后，用上好寿山石料镌治了一对印章。一方白文："吴郡叶昌炽字鞠裳印"；一方朱文："还家贫不死，读尽旧藏书"。两印各雕有环钮，并以"日"字形链使两印相系，精趣难得。

陆游《日用四首》中有诗写道："空舍封书箧，多年饱蠹鱼。还家贫不死，读尽旧藏书。"诗人历经多年的游宦生涯，存放家中的书籍，只能供蠹虫饱食；告老还乡后，虽然贫穷，却可以在有生之年读遍过去的藏书了。叶昌炽将陆游这两句诗，刻成了他的印章，可见他辞官回家之后潜心读书，其心情与陆游深深相印。这么几句诗，看似平淡，其实情味很浓，那种闲静读书的晚年快乐

文馨阁藏珍

傲不可长 欲不可纵 志不可满 乐不可极

感溢于言外。

收藏家的印章上，往往会刻上他的人生感悟，或是自警自勉，或是告诫后昆的箴言。如书法家赵孟頫嘱其后人道："吾家业儒，辛勤置书，以遗子孙，其志何如？后人不读，将至于鬻，败颓家声，不如禽犊。"清嘉庆时有藏书家名陈鳣，字仲鱼，他所心赏的书，都钤有两印，一方为肖像印，题"仲鱼图像"四字；另一方印镌十二字："得此书，费辛苦，后之人，其鉴我"。

有清代"文馨阁"一对藏书印章，朱文印为"文馨阁藏珍"；白文印刻了《礼记·曲礼》中的警语，即："傲不可长，欲不可纵，志不可满，乐不可极"（"满"字用古省文写法，"极"字用古《老子》写法，粗看字形释二字为"圂"、"啟"，误也）。四句话的意思都很明白：傲气不可滋长，物欲不可放纵，心志不可自满，喜乐不可过分。前人留下的这些箴言，实在是非常可贵的。

六五　卧癖楼与兰言居

卧癖楼这个室名，取懒卧、怪癖之意，似乎是一种谦称。其实，其中有着更深的含义。李白诗云：“莫学东山卧，参差老谢安。”自从有了东晋名士谢安“高卧东山”的典故，这个“卧”字就常常作了隐居的代词。此外，“卧”字还有一种意思，是指卧游，躺在家中欣赏山水字画，好像在名山大川中旅游一样。元代画家倪瓒曾经写诗说：“满壁江山人卧游。”如果把这两种意思结合起来，“卧癖”就是指卧隐在家，观览前人山水图画，享受此种乐趣的一种浓厚嗜好。

兰言居之“兰言”，出自《易经》。子曰：“君子之道，或出或处，或默或语。二人同心，其利断金；同心之言，其臭如兰。”孔夫子这段话的大意是：君子之道，或出仕而兼济天下，或隐处而独善其身，或沉默不语，或言词议论。如能二人同心，其锋利的力量可以截断金属；同心的意思，即是二人心志如一，那样气味相投，就如同兰花的芳香一样。

卧癖楼藏书章

卧癖楼主人温一贞，字又贤，号也痴，浙江乌程（吴兴）人。清代诸生，书画家，著《卧癖楼诗钞》。“卧癖楼藏书章”为圆朱文，显有浙派隽秀韵致。边款曰：“又贤大兄斧正，癸亥六月廿七日，作于求是斋，秋堂”。清乾隆、嘉庆年间著名篆刻家陈豫钟，是“西泠八家”之一，号秋堂，室名求是斋。

兰言居主人荣光世，字咏叔，号樾堂，江苏无锡人。无锡荣巷毗邻蠡园，清代即已商肆兴茂，富庶闻名，民国设镇，为当代知名人士荣毅仁故里。荣世光是荣巷的著名士人，清光绪二年（1876）进士，官工部水司主事，中年病逝，著有《兰言居遗稿》。他有言道：“生平志不在温饱，得志，愿京官，不欲外任；外任，贪官不可为，廉吏不易为也。”诚可谓高洁清流之士。“兰言居珍藏”印，篆法方正匀密，尚属雅秀。

古来文化人对于自己书斋的命名，以及室名章的篆刻，都是极为珍重的。室名大都有出处，其含义或明或隐，表示着本人的

兰言居珍藏

爱慕、追求、志操，可以说室名是心灵的寄托。

又有澄兰堂，是江苏常熟人邵松年的室名，与“兰言居”取同一“兰”字，都有德行高洁的寓意。但“澄兰”也可解为“澄澜”的谐音，意义就不一样了。“澄澜”意谓澄清波澜，指的是肃清世间的混乱情形，以使社会局面清明安定。典出《后汉书·党锢传·范滂》：“滂登车揽辔，慨然有澄清天下之志。”如果作这样的解释，取这一室名应该是胸有大志之士人。

邵松年，字伯英，清光绪九年（1883）进士，曾任河南学政。工小楷，能画，笔墨娴雅。喜好收藏，编录其所藏书画碑帖，著有《古缘萃录》、《虞山画志补编》。

“海虞邵氏珍藏金石书画之印”，边款曰：“伯英尊兄嘱，鹤道人制”。鹤道人即是清光绪元年举人郑文焯，曾任内阁中书，精通音律，为晚清著名词人。民国早年居上海，闭门不闻世事，行医、刻印、作书画，研究金石考据之学，著有《大鹤山房全集》。

海虞邵氏珍藏金石书画之印

郑文焯为邵松年治印，恐非偶然，两人显然有着同样的文化志趣。早年都曾热衷于科场，处在国家内忧外患的晚清时代，大概是真正有过澄清天下之志的，但在政治上终不得意，最后还是回到了文苑中。与卧癖楼、兰言居的主人一样，跌宕文史，啸傲烟霞，才是他们的本来面目。

六六　潘祖荫谥号文勤

古代帝王、大臣或其他身居高位的人死后，据其生前业绩，给予评定一个带有褒贬含义的称号，叫做谥号。帝王的谥号由礼官议上，臣下的谥号由朝廷赐予。譬如，岳飞谥号武穆，后改谥忠武，文史书籍中大多称岳武穆。秦桧死后初谥为忠献，后来改谥缪丑，现在很少有人知道了。

冠“文”字的谥号，都是翰林。如纪晓岚谥号文达；刘墉谥号文清；曾国藩谥号文正；林则徐谥文忠，之后李鸿章也谥文忠；左忠棠谥文襄，之后张之洞也谥文襄。前后人士谥号重复，称谓时须以姓氏在前，如称“林文忠”，“张文襄”。

除了国家定典颁赐的谥名，也有一般文人学士死后，由其亲友、门生予以私谥，如清初学者冒襄，字辟疆，私谥号为潜孝先生。

谥号作为名、字、别号之外的一种特殊称谓，直到清朝灭亡以后才废止。而在我国古代，后人对有谥号的人，多称其谥号，写

咸丰壬子进士吴中潘祖荫字伯寅号郑庵所筑攀古楼收藏书籍印

在书籍文章中也大都用谥号，以表示敬重之意。如清末到民国早期，撰文提到李鸿章，或称文忠，或称合肥（其籍贯），而不直呼其名。

潘祖荫，字伯寅，别号郑庵，室名八求精舍、攀古楼、滂喜斋。咸丰二年（1852）进士（探花），官至工部尚书、军机大臣，加太子太保衔。死后谥为文勤。

为何给潘祖荫一个文勤的谥号，他有几多政绩，我们无须更多考究。但他的事迹中，有两条与文化相关，是我们应当知晓的。一条是“先后数掌文衡，典会试二，乡试三，所得多真士”；二条是“通经史，好收藏，储金石甚富”。这两句引文，都出自《清史稿·列传二百二十八》。

“数掌文衡”是说他多次主管考试，爱才，能为国家选拔真士。说到此事，曾朴的小说《孽海花》第十三回中潘祖荫（影射名潘八瀛尚书）担任会试总裁的有趣故事，似可作为佐证，不妨摘引如下：

且说潘尚书本是名流宗匠，文学斗山，这日得了总裁之命，夹袋中许多人物，可以脱颖而出，欢喜自不待言。

有一天，子佩（学者沈曾植，光绪年在朝参与主考）忽然看着一本卷子是江苏籍贯的，三篇制义高华典实……送到潘尚书那里，大有夺元之望。子佩自然欢喜，就亲自袖了卷子，来到潘尚书处。刚走到尚书卧室廊下，管家进去通报，子佩在帘缝里一张，不觉吃了一惊。只见靠窗朝南一张方桌上，点着一对斤通的大红烛，火光照得满室通明，当中一个香炉，尚书衣冠肃肃，两手捧着一炷清香，对着桌上一大堆卷子，嘴里喃喃不知祷告些什么。祷告完了，好像眼睛边有些泪痕，把手揩了一揩，

八求精舍

却志志诚诚地磕了三个大头，然后起来。那管家方敢上前通报。尚书连忙叫请子佩进去。尚书就道："这会你们把好卷子都送到我这里来，实在拥挤得了不得了，不知道屈了多少好手！老夫弄得没有法儿，只好赔着一付老泪，磕几个响头，就算尽了一点爱士心了。"说罢，指着桌上的卷子笑道："这一堆都是可怜虫！"

至于潘祖荫"好收藏，储金石甚富"，文博界无人不知。我国古代彝器中最重要的两件国宝，即西周的大盂鼎、大克鼎，都归潘祖荫所收藏。他逝世后，亲属后人辗转守护数十年，最终捐给了国家博物院。他的收藏门类广博，书籍也是其中的重要部分，今有一方藏书印可证。

这方章料长 7 厘米，宽 5.7 厘米，厚度 1.3 厘米。篆刻家巧用，反侧面为正面，镌成条形印，在 1.3 厘米宽的印面上，竖刻两行共二十七字。印文曰："咸丰壬子进士，吴中潘祖荫，字伯寅，号郑庵，所筑攀古楼，收藏书籍印"。以上印文又用数行工整小楷刻在一侧，作为释文。另侧边款曰："王诒寿敬镌，时丁丑岁十二月"。王诒寿是晚清贡生，诗文家，篆刻家。

这是一件令人惬意的藏品，笔者经常置于手边，欣赏其作者的别异设计和那些文字的精秀书写。当然也不免睹物而遐思，忽生慕古之心，足以将尘间诸事一概忘怀。

六七　尔疋为仲英镌印

尔疋何人？篆刻家邓尔雅也。

仲英何人？书画收藏家孙璞也。

邓尔雅原名溥，避清宣统帝溥仪讳，改名万岁，字尔雅，以字行，又作尔疋，号邓斋，别署山鬼，室名寒庐、绿绮园，1884年生，1954年卒，广东东莞人。孙璞，字仲瑛，以字行，亦作仲英、阿英，室名顾斋、兰园、归云楼，1883年生，1953年卒，广东香山人。可知二人为同乡，亦生活于同一年代，生卒仅差一岁。

邓尔雅早年游学日本，攻美术，学成归乡里任教，后移居香港，以鬻艺卖文为生，诗文、书画、篆刻皆擅名一时。孙仲瑛亦留学日本，所学专业为法政，热心于革命活动，参加了辛亥起义和讨袁战争，为蔡锷秘书，曾遭到袁党军阀龙济光逮捕，又曾主编《滇南日报》、广州《民国日报》，任广东省政府主席吴铁城秘书、民政厅主任等职，后辞职赴香港从事文化艺术，专志收藏书画。由以上经历看来，邓尔雅纯属文人，孙仲瑛也是一身书生的秉

仲英

仲英私印

赋，在政治生涯中历尽艰辛，最终走向了文人的归宿。

南社是辛亥革命时期一个进步文学团体，邓尔雅、孙仲瑛较早参加南社，都属于具有民主革命思想的知识分子。后来南社成员多达千人，思想难趋一致，1917 年因批判或赞同陈三立、郑孝胥为代表的“同光体”诗，而发生激烈论战，形成诗观及政治观念上的两相对立，南社走向分化。时有持反对“同光体”立场的社员通讯投票，选举柳亚子连任南社主任；《中华新报》则登出部分社员选举三名编辑主任，替换柳亚子，其中有邓尔雅任诗选主任。随后孙仲瑛牵头发表《南社广东社友启示》，声明广东社员大多未能投票，不存在任何人当选南社主任问题，对于《中华新报》攻击现任主任柳亚子等语“不甚骇异”。广东社员未必支持柳亚子观点，但亦不愿接受有涉分裂南社之嫌的“邓尔雅任诗选主任”之说。孙仲瑛所以发表启示，显然是特意为邓尔雅洗雪的，由此可知二人的思想默契。

仲英属 尔疋刻

这里有邓尔雅为孙仲瑛篆刻的四方印章：

㊀朱文“仲英”。

㊁白文“仲英私印”，边款：“尔疋仿鸟篆”。

㊂佛像配文字“仲英属尔疋刻”，边款：“仲英属造佛像一区，尔疋”。精镌六朝佛像是邓尔雅一项艺术专长。

㊃白文“上马击狂胡，下马草军书”，边款：“甲戌八月，仲英属，尔疋刻”。

“上马击狂胡，下马草军书”，这两句诗出自陆游《观大散关图有感》。陆游处在南宋时代，怀有北伐抗金、恢复中原的壮志，还写过“切勿轻书生，上马能击贼”，“楼船夜雪瓜洲渡，铁马秋风大散关”等许多豪放诗句，显示诗人对于自己的军事才能充满了自负感。

孙仲瑛参加过辛亥云南起义和护国战争，兼有诗文才气，因而邓尔雅刻印选择了陆游的诗句，饱含着对于孙仲瑛的正气和

上马击狂胡 下马草军书

才干的推崇之意。

除以上四印外，邓尔雅还为仲瑛刻有“孙氏归云楼用印”、“香山孙氏仲英藏岭南书画”等多枚收藏印章。一位著名篆刻家为某一人刻印十多方的情况，当属罕见。这些印章表明，二人可谓文化知己，人生中这种深挚友谊是令人羡慕的。

六八　翰庐与平妖堂

上面已写了一些收藏家的室名和别号，现在所要说的“翰庐”和“平妖堂”，他们的身份是教授、学者。

高一涵原名永浩，别名涵庐，笔名一函，以笔名名世，安徽六安人。留学日本明治大学，读政治科，1916年回国，任北京大学编译委员、法政专门学校教授。与李大钊创办《晨报》，为《新青年》、《每周评论》撰稿，是新文化运动主力军人物之一。其后期倾向于西方民主思想，译有《杜威哲学》，著有《欧洲政治思想史》、《政治学纲要》等。曾任教于上海法政大学、吴淞中国公学、武汉大学、南京大学。1949年后为民盟中央委员、全国政协委员。

“涵庐书翰”印，雕有山水人物薄意，意境极幽雅。印文为朱文篆书，笔画惟求方直，而不取圆朱文法。据《印文详解》说：这种方直字体，是扬雄所创，“无论横竖皆宜平方正直，整整齐齐，虽觉板滞，然前人既有此体，镌之者毋得不从规矩也。”扬雄是西汉文学家，传说他作“方直书”，但无存世实证。“涵庐书翰”一印无

涵庐书翰

边款,或为高一涵自刻,文字规矩整齐,纯粹是学者风格。

又有学者马廉,字隅卿,浙江鄞县人。曾任北京师范大学、北京大学教授。自 1926 年继鲁迅之后讲授“中国小说史”,1935 年 2 月在北大讲台上脑溢血逝世。其收藏书籍五千馀册,为北大图书馆购藏。

马廉藏书与别的藏书家不同,他是作为文学教授,为其文学研究着眼,专注于收购小说、戏曲之类古本。于北大任教期间,常往琉璃厂觅书。某次偶尔发现明代万历年间刻的二十回本《平妖传》,自购回此书后,将其书斋取名为平妖堂。

《平妖传》是神魔小说,其故事依据是北宋时期王则夫妇领导的一次农民起义。据小说中写,汴州胡浩得到一幅仙画,其妻将画焚烧,灰烧于身,因而生下一女名永儿,有妖狐圣姑姑给永儿传授了道法,她就能够变幻,变为纸人豆马。永儿嫁与王则,王则是涿州人,饥荒年外流,入军中做到小校(低级武官),与妖女

平妖堂

结合后，便以妖幻号召徒众，据贝州（今河北清河县）造反，僭号东平郡王。小说中神话谶语说，王则有数年称王的命。而史书上记载，他实际称王仅六十六日，就被官军镇压了。《平妖传》将王则起义及被击败过程，全部作了神魔化的描写，小说家的艺术手法是相当高明的。

《平妖传》今本四十回，为明末冯梦龙所增补，与原本面目大为不同。明代万历年刻二十回本，原已失传，马廉幸得此书，大喜过望，因而自号为“平妖堂主人”。

“平妖堂”印，封门青石，雕薄意梅花图，清新淡雅。印文阴刻，邓尔雅所作。边款曰：“隅公堂名，以所弆廿回平妖传为之也，十又八年八月十一日，山鬼”。

因为得到一本奇书，而以书为自号，为室名，而治印，表现了一个学者的书生本色。

马廉还有一个室名，叫“不登大雅文库”，因为他所收藏的明清小说戏曲，受到正统文坛的轻视，以“不登大雅”自嘲，却又是对所谓大雅的正统文学的一个讽刺。这种问题其实至今依然存在，“现代文学史”以所谓新文学为正统，而民国时期流行的通俗小说、戏曲，尤其是一直为文人喜爱的诗词、笔记，都不得入史入教。这种正统门槛不知何时才能踢破。

六九　我以信为宝

中国书画非常重视落款和钤印。一幅书画作品完成之际，要在适当的位置署名，或姓名，或别号，同时加盖印章。钤印之后，作品才算最后完成。不钤印的作品也有，如现代书法家谢无量基本不用印，这种情况极少。

“后翁书画”是清代书画家文鼎的一枚小印。文鼎是浙江嘉兴人，咸丰年间荐举为孝廉方正，力辞不就，甘为布衣，潜心艺术，人说他的篆刻有明代文彭遗意。此印仅 1.5 平方厘米，高 4.2 厘米，平纽，边款曰：

> 后翁书画。此四字，辛卯八月廿三日作，时余年六十有六岁矣。前五日值秋分节，节前夜雨连日，至今未霁，河水顿涨，田禾几没，希即雨至以成岁丰。鼎记。

款字极小，为工整楷体，似今电脑之小六号字。作者六十六

后翁书画

爽泉

渔邨

岁仍能刻此小字，足令人钦叹。

前文曾写到篆刻家孙三锡（字桂山）、曹世模（号山彦）、钱善扬（号几山），现在又说到文鼎（号后山），都是嘉兴人，因嘉兴古称鸳湖，他们四人在道光年间闻名于文艺界，故有“鸳湖四山”之称。

文鼎生于1766年，上述边款称“辛卯八月廿三日作”，辛卯年即是1831年，恰是他虚岁六十六岁，所言秋分节令的时间亦符合，无疑为文鼎自篆的书画用印。

书画印章有名章，有闲章，其作用首先是取信于人，表示是作者真迹；同时，用印得当，可与书、画相映成趣，增强艺术效果。书画家或是自镌，或用名家刻印，绝不会将他不悦爱的印章用到作品上。

高垲是清嘉庆、道光年间的书画家，号爽泉，自篆“爽泉”印为白文，妍而不媚，与文鼎的“后翁书画”朱文有异曲同工之妙。

崇光书画

思仁 画印

清代另一书画家乔林，其在世年代大约早于文、高，他所治“渔郚”一印显得更为古秀。

“崇光书画”印，圆朱文光洁清雅。又有对章“思仁”、“画印”，两印连用，文字布置一横一竖，颇得意趣，适合于小幅作品和册页。

印章是鉴识书画作品的重要依据。伪造名家作品，便要伪造名家印章，因而，鉴识印章有助于判断书画真伪。书画家离世以后，他的印章有可能被盗用，遇到这种情况，鉴定家就需要更细致地研究印章磨损程度、印泥印色等因素。伪造的名家印章在市场上经常看到，例如有一方两面刻印章，一面刻“翟大坤印”，另面刻“改琦之印”，翟大坤和改琦都是清代名家，此印显然为做假画所用。

民国时期的书画鉴赏家宫尔铎，号师吕道人，他刻了一方印章，印文为“我以信为宝”，仿秦文篆法，就石随形，文须从左往右

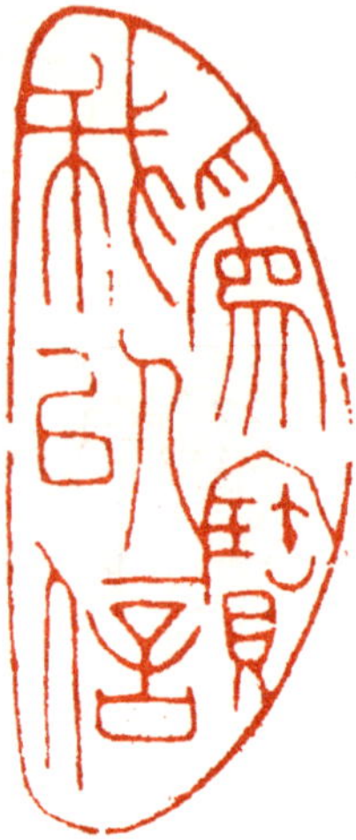

我以信为宝

读。边款曰："我以信为宝，民国三年七月，师吕道人制"。

恪守"以信为宝"，必是一个真正的艺术鉴赏家。当今我们看到，有戴着"鉴定专家"高帽的人，却经常说假话。若是拿了赝品假货寻求鉴定，只要把钱送上，就能得到一张美言虚誉的鉴定证书。时下艺术市场上的风气似乎坏到了极点，看到宫尔铎这方"我以信为宝"的篆刻，抚今追昔，真可让人感致万端。

信就是诚实无欺，真实不虚，言必有信。这不仅仅是艺术鉴赏的原则，它更是做人的基本品质，是一个社会的基本道德标准。孔子说："人而无信，不知其可也。"又说："自古皆有死，民无信不立。"司马光说："国保于民，民保于信。""上不信下，下不信上，上下离心，以致于败。"可见"我以信为宝"也是一个安邦治国的原则。拜金主义已经在我们社会中泛滥多年，但愿有朝一日，大家都能醒悟过来，都能懂得："不宝金玉，以信为宝"。

七〇　板桥道人观识

“博求文献”,“曾经鉴赏”,此类印章须与名印或是别号、室名印配合使用。“博求文献” 表示主人搜集和研究古籍的志向。“曾经鉴赏”表示对古籍、碑帖、书画等藏品作过鉴定和赏读。古籍和书画如果经过了硕学名家的鉴赏,不但要钤印,而且往往要写跋语或题笺,对藏品真实与珍贵价值提出评骘意见。

有的鉴赏印章,篆为“真赏”。真赏的含意,一是倾注真情去欣赏,二是珍赏,指所赏之物属于宝爱之物。

“杨协卿平生真赏”印,主人杨绍和,字协卿,是山东聊城的著名收藏家。杨协卿的父亲杨以增,清道光进士,曾任甘肃、陕西布政使,江南河道总督,生平无他好,一志专于书,收藏数十万卷,在聊城建藏书楼,名为“海源阁”。杨协卿继承父志,不遗馀力搜求典籍,又建“宋存室”,专藏宋元精刻善本。所藏碑帖中,有宋拓《大观太清楼帖》残本,及《欧阳询书〈化度寺碑〉元赵孟頫等十三家跋本》。清代北方藏书家中,杨氏推为第一,与南方常熟瞿

博求文献

曾经鉴赏

绍基并美，世有“南瞿北杨”之称。

山东与山西，有称山左山右，山右之文献收藏其实并不逊于山左。晋商发迹之后，大量从南方收购图籍书画、文房珍玩，直至民国早年，晋中一带的古物交易仍可见繁荣气象。邓之诚《骨董琐记》有文记述太谷收藏家于民国八年购得张穆手札一事，写道：

> 太谷赵友琴，嵚奇磊落人也。己未十月，薄游太原，邂逅订交。友琴收藏颇富，予亦略知鉴别，尊酒之间，谐谑并作，各数家珍，益相好矣。友琴告予游太谷庙会，会每年十月一集，金石、陶瓷、雕绣、书画、器物，骈阗山积，虽东京大相国寺不之过也。会以事还京，不果游。越月，友琴书来，谓所获良多，石舟书札，尤惬心赏，馀书画若干事，金石若干事，陶瓷若干事，皆历历状其形式

杨协卿平生真赏

精采……

阅读前人往事的记述，不禁会有慕古之怀，不过，时代总是要变迁的，此一时彼一时也。

某次在太原古玩市场，遇到晋中来人持有一批古旧印章。其中两枚有文彭款识，为对章，一枚在边侧角上刻一“辛”字，另一枚也在侧角刻一“壬”字。此外还有刻“庚”字的一枚，边款为“板桥道人观识”。看来是前人收藏的一组古物，按天干排序，从“甲”到“癸”，应为十枚。细辨文彭款两印，虽有明代篆刻古意，恐非文彭真品，或是清人仿作。“板桥道人观识”数字，行书兼隶，颇得金石味，则应为郑燮真迹。按照天干顺序，“辛、壬”两方文彭款印排序为第八、九，而板桥观识印“庚”为第七。是否可以推测，原来这一组印，前七枚是郑板桥看过并认可的明代真品呢？

对于郑板桥的篆刻，已经缺少实物可考，而他的书法，我们

康熙秀才 雍正举人 乾隆进士

并不陌生。《清代学者像传》说:板桥“书有别致,以隶楷行三体相参,圆润古秀。”从他的所谓“六分半书”,不难想见他的边款题跋的风致,那种独具一格的古秀书体是他人很难模仿的。

为询觅这组旧印,笔者曾托友人往晋中回访物主。据说其祖上确是当地著名儒商,收藏颇富,后因兄弟数人分家,藏品随之分散,时事变迁之间失落甚多。所托友人访察多日,虽没有找到预想的那七枚章,却又意外获得一印,其文为:“康熙秀才,雍正举人,乾隆进士”。印石有伤,字迹亦有多处残痕,旧刻无疑。从画史资料上,我们知道郑板桥曾有此印,真品乎?赝品乎?正如傅抱石写的《郑板桥试论》中曾说:“‘八怪’里面多数能刻印。板桥对于篆刻,也是擅长的。可惜这方面,我们还没有掌握更多的实物资料(原印和拍本),这是值得进一步研究的。”

“板桥道人观识”的题跋,以及“康熙秀才雍正举人乾隆进士”之印,都是可资研究的难得的实物资料。

七一　江夏无双乃我宗

书画家常以“画奴”、“书魔”自命，表示对艺术的崇拜和痴迷，这种称谓属于泛称。泛称印章还有“素心人”、“惜花人”之类，或自表性情，或自尚气节，近似别号，亦可归闲章类。

“凤凰台畔旧推官”，意谓曾经是凤凰台畔那个衙门里的推官。凤凰台在南京，推官指司法官员，从近代的意义上说，就是南京高等法院的法官。“江夏无双乃我宗”，意谓那个“江夏无双”之人（汉代的黄香）是其宗祖。这类印章，自示其某种身份，其中或者含有自矜自炫的意味，虽然是闲章，却有似别号，属于特定对象的自表称谓。

“香九龄，能温席，孝于亲，所当执。”这是童叟能诵的启蒙读物《三字经》中的话。有释义说：黄香是江夏人，年少丧母，九岁时就晓得孝事父亲之理。每当夏日炎热之时，则扇父亲之帷帐，使枕席清凉，蚊蚋远避，以使父亲安睡；至于冬日严寒，则以身温暖父亲之衾被枕席，以使父亲暖卧。黄香因而名播京师，人们称赞

画奴

书魔

素心人

惜花人

道："天下无双，江夏黄童"。传统教育的"二十四孝"中，"黄香扇枕"列为一孝。

据史书记述，黄香亦博通经典，能著文章，东汉永元年间官至尚书令，"祗勤物务，忧公如家"，后出任魏郡太守，因水灾事故免职。

"江夏无双乃我宗"，是清代画家黄均的印。《清朝名家书画录》记载说："黄均字穀原，元和（今苏州）人，书法赵松雪（孟頫），山水取法娄东（王原祁一派），出色之作堪与异公（王时敏之三子）并驾，用笔用墨，苍楚有致。所仿北宋，未臻妙境。中年辞官卖画，怡然自得。"

大凡有志之士，总想出人头地，成一番特立无双的事业。从东汉时的黄香，到清代道光年间的黄均，历史相隔一千八百年，已经杳然数十代人。黄均以黄香为"我宗"，自许为黄香之后人，使他看重的其实是"无双"二字，隐含着他的攀鸿志气和追求。

凤皇台畔旧推官

江夏无双乃我宗

黄均的绘画一意仿宋，虽然“未臻妙境”，却也显示了他的不凡志尚。他做过二十馀年下级官吏，不求升迁，自称“以吏为隐”，辞官后不惮贫寒，独异个性始终未落尘俗。

说到黄均的孤傲拔俗，又不禁让人想起黄公度。黄遵宪，字公度，首倡“诗界革命”，可谓近代黄氏中一位奇杰人士。尤其是他中年以后的作品，“愤时事之不可为，感身世之不遇”，具有史诗价值。“江夏无双乃我宗”一印，若为黄公度所用，也甚为相称，一代人中无与伦比。

七二　第一清官与东方廉使

有一象牙古印，朱文曰:“岁癸丑大计，吏科举天下清官第一”。形体方正,长宽各 5 厘米有馀。据篆刻风貌及其老化程度判断,当属明代之物。

明代每三年对官吏进行一次考绩,称为大计,根据政绩德望优劣,可给予提升或是处罚。关于“癸丑大计”的记载,万历朝的癸丑年尚有资料可考,时在 1613 年,即是万历四十一年,进行过一次地方官吏全面考核。

万历癸丑之前的一个癸丑年,为嘉靖三十二年,即 1553 年,时值严嵩当政,索贿授官成风,这一年杨继盛上疏弹劾严嵩窃权贪贿,被捕下狱。嘉靖朝似不曾有癸丑大计、举拔清官之事。其后张居正主政,兴起政治改革,提出官吏考成法,将“惟以安静宜民者为最”定为清官标准,实行了逐级考察、吏部秉公精核的办法。万历癸丑大计,正是张居正官吏考成法的延续。

万历癸丑,也是明朝的最后一个癸丑年。下一个癸丑年,已经是清康熙十二年，即 1763 年，清朝的考绩制度那时尚未完善，而且这一年发生了云南吴三桂为首的“三藩”反清战争，朝廷集中力量投入平叛，康熙朝是不可能举行癸丑大计的。

据以上推断，这方象牙印章所示的癸丑大计，只能是明万历朝的事情。那次大计所举的“清官第一”，正是杨涟。

《明史·列传第一百三十二》说：“杨涟，字文孺，应山人。为人磊落负奇节。万历三十五年(1607)成进士，除常熟知县。举廉吏第一，擢户科给事中，转兵科右给事中。”

杨涟自从中进士、任常熟知县，到癸丑大计，历时五年有馀。五六年间在常熟深入乡里，体察民情，有许多清廉恤民事迹，因而被举为清官第一。自大计后入朝任职，到万历四十八年(1620)神宗病死，在朝中又有六七年的历练，从而在围绕皇位继承问题的斗争中，便能显示其政治敏觉和刚强作为，成为安定社稷的栋梁人才。他在先后两次皇权交替中的出色表现，《明史》都有记

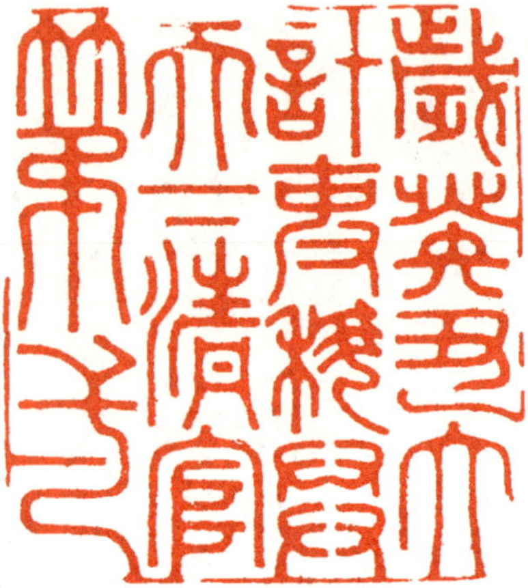

岁癸丑大计吏科举天下清官第一

述。

杨涟是著名的东林党人。当时奸臣魏忠贤掌握内廷，群小附之，势焰日盛。天启四年(1624)，杨涟在左都副御史任上，上疏弹劾魏忠贤二十四大罪，但未能得到明熹忠支持。魏忠贤转而利用他掌控的东厂、锦衣卫，陷害谏官，大兴冤狱。内阁中书汪文言先被革职下狱，强迫他诬陷杨涟贪赃，汪文言虽重刑之下，至死不承，仰天大呼道："说杨大洪贪赃，世上哪能有这种冤枉人的事情啊！"大洪是杨涟的别号。魏党打死汪文言，伪造供词，将杨涟逮捕。杨涟备受酷刑，土囊压身，铁钉贯耳，惨死狱中。后来到了崇祯初年，才给予昭雪平反，谥号为忠烈。

杨涟在狱中留有血书，写道："欲以性命归之朝廷，不图妻子一环泣耳！""雷霆雨露，莫非天恩，仁义一生，死于诏狱，难言不得死所，何憾于天，何怨于人！""大笑，大笑，还大笑，刀砍东风，于我何有哉！"看他这样的磊落气节，才真正是一个正直的读书人。

后人评价杨涟说:“千年之下,终究不朽。”我们今天对着这方“第一清官”印章,仍可以想见他的不朽精神。

此印没有款识，不知是否吏部所颁，或许是他从常熟离任时,当地士民,及其东林党同志表达敬意,为他刻制的赠品。明代后期篆刻兴起,牙雕亦已时尚,牙章作为賝赠颇合时宜。

另有“东方廉使”一印,清代金石文章大家孙星衍所刻。这是一方名作,屡见有仿刻者。此印边款“乾隆六十二年,渊如治”,系孙星衍真迹无疑。

孙星衍,字伯渊,号渊如。幼时聪明过人,读书过目成诵。乾隆五十二年殿试,钦赐榜眼,曾任刑部郎中,后出往山东为按察使,平反冤案,廉有政声。晚年辞归,主讲书院,潜心著述,为乾嘉学派的重要学者。

民国时期陈邦贤著《自勉斋随笔》,其中有一篇《不屈的孙星

东方廉使

衍》,写道:

孙星衍是清代的一大儒,他深究经史、文字、经训之学,旁及诸子百家。他是江苏阳湖人,他和同里的杨芳灿、洪亮吉、黄景仁等齐名,袁才子曾经说道:"天下清才多,奇才少,渊如是天下的奇才。"他在翰林院散馆的时候,考试《厉志赋》,用《史记》"匔匔如畏"的话,那时和珅为大学士,疑惑是别字,便把他列入二等,以部曹用。和珅也知道他的盛名,希望他去屈节一见,他始终不去。他说:"我不受人惠。"他便去就职了。照例,编修改官,可得员外郎,有人劝他一见当道,便可得到,他说:"主事总是要升郎中的,何必要汲汲的忙呢?"从此,清廷就以编修改主事为例了。可是孙星衍不屈服的精神始终这样。

孙星衍“我不受人惠”一语，虽然比不上杨涟的狱中血书那样壮烈，骨子里的气节其实是一样的。

“东方廉使”是孙星衍任山东臬台时，自刻的一方明志章。印面清澈，格调简明，结字方正，刀法刚直。印钮雕有莲叶、鲢鱼，都是取“廉”的谐音。这方印章里面，缊藏着的是一个不从流俗的精神世界。

静中吟

草木芳菲窗上绿，诗书画印案前香。
惜珍寸寸光阴好，澹静清虚滋味长。

闲闲吟

得闲闲处且闲闲，往事回头梦梦间。
携手多时芳草地，好诗尽在夕阳山。

精警印语　读悟人生

七三　深人无浅语

孔夫子的孙子孔伋，字子思，独传孔门心法，被称为述圣。他有一段著名言论，批评公叔子“不知贤”，说道：

> 有龙穆者，徒好饰，美辞说，观于坐席，相人眉睫，以为之意，天下之浅人也，而公叔子交之。桥子良修实而不修名，为善不为人知己，不撞不发如大钟然，天下之深人也，而公叔子与之同邑而弗能知。

子思在这里提出了天下有浅人、有深人。浅人爱好装饰，能说会道，善于观言察色，附和人言。深人务实而不图虚名，为善而不爱张扬，平素像大钟一样端庄静泰，不撞击他就不会轻易发声。

沿用子思的思想，后来把学养深厚、具有远见卓识的人，称为深人。既是深人，其言论一定是深刻的，不会油腔滑调，也不会

深人无浅语

成天像念经似的说那种空话、官话、套话，所以说“深人无浅语”。

东晋时有名僧支遁，字道林，史称他“神心警悟，清识玄远”。有人问他：“你见到王羲之家几个儿子，有何看法？”他答：“见一群白颈鸟，但闻唤哑哑声。”在这个高僧的眼里，大书法家的儿子们不过是一群俗人而已。

王羲之是名传千古的书法大家，他有七个儿子，只有七子献之也以书法成就，与父齐名。有次王家三个儿子去拜访谢安，献之只言问候，而他的两个兄长多说俗事，他们告辞后，在座客人问谢安：“他三人谁贤？”谢安说：“小者最胜。”客问：“何以知之？”谢安说：“吉人之言寡，躁人之话多，由此推测可知。”谢安的话清楚表明，多说俗事的便是浅人，深人则不言俗事。

清代诗评家赵翼，在他的《瓯北诗话》中，作为对查初白诗的评价，写下了“深人无浅语”这句话。

清代诗人、学者查慎行，晚年居初白庐，更名为查初白。据说

两耳惟于世事聋

他是当代作家金庸的先祖。康熙时特赐进士、翰林，性情淡泊，告归家居，于世事一无干预，好游山水，所感尽托于诗吟。一生作诗不下万首，经他自己删定为四千六百馀首，辑有《敬业堂集》。赵翼对查初白诗极为推崇，《瓯北诗话》写道：古来作诗最多的诗人，要数白居易和陆游，查初白诗之多，与他们不相上下；然而，把查初白与香山、放翁二公相提并论，并非因为他诗多。诗之优劣，全在才气、心思、功夫上，岂能以多为贵？不过，诗之工绝又何尝不是从多中得来？“正惟作诗之多，则其中甘苦曲折，无不经历，所谓深入无浅语也。”

查初白有诗曰：“笠簷蓑袂平生梦，臣本烟波一钓徒。”一次康熙帝到南海子捕鱼，命群臣赋诗，内侍宣召时，呼他为“烟波钓徒查翰林”，这样称呼他，以与另一位姓查的翰林（查声山）区别，可见查初白的诗在当时灼有名声。

深人固然是学问好的人，但未必就是翰林，布衣中同样有深人。况周颐《眉庐丛话》中，记述过一位民间篆刻家，他是清咸丰、同治年间京城一位旗人，擅长篆刻，但不轻易为人作印，半聋不聋。他说："时下人的言语，大半不堪入耳。"因而以"半聋"为号。可惜人们对他的姓名都记不全，只知道称呼他"斌半聋"。他不愿意听人们打官腔、说废话，当然也不愿意同俗人交谈，因而装聋作哑，但他如果遇上知音同道，定是谈吐不凡，能说出一些深刻的道理来。

篆刻家中大概深人较多，看他们镌治的那些闲章中，语句无不精妙警辟，可以说是没有一句浅语。

白文印"深人无浅语"，无款，非名家篆，不求章法，恣肆为之。另有一方朱文印："两耳惟于时事聋"，读之，可以体味印人灵魂深处的那种傲视世俗的自尊。

七四　不俗即仙骨

深人与浅人的区别，也是高雅仙心与平庸俗气的区别。倒也不是说高深的人就是仙人，而是说学识修养深厚的人，或者还由于具有天性的禀赋，他的言语行止便不庸俗，显得超凡出众，让人觉得他仿佛有仙骨，好比传说中的神仙一般。

李白早年写过一篇奇瑰的作品，即《大鹏赋》，序中写道："我以前在江陵见天台山的司马子微，他说我有仙风道骨，可以与神仙一起去游八极之外。"司马子微是天台山道人，自号白云子，皇帝请他出山入朝，被他拒绝了。李白以庄子《逍遥游》的大鹏自比，而以"稀有鸟"比司马子微，"稀有鸟"呼叫大鹏说："伟哉！鹏乎！此之乐也！"于是他们相随着"登于寥廓"。

杜甫写给李白的一首诗中，也曾咏道："自是君身有仙骨，世人那得知其故。"李白身有仙骨，这是一般的俗人难以理喻的。

《南史·列传·隐逸》记载，南阳人宗少文，妙善琴书图画，精于玄学，游山水每忘归，宋武帝任命他做朝中主簿，他谢绝说：

不俗即仙骨

多情乃佛心

“我栖隐丘壑三十年了，哪能再到王门折腰做官呢？”到晚年时，他感叹道：“老病俱到，名山恐难遍睹，只能澄怀观道，卧以游之。”于是把游历过的山川绘成图画，挂在家里，观画并弹琴，说他的琴声要弹到让众山都响。

宗少文所谓“澄怀观道”，便是在澄清心怀、静默观想中，领略自然的真谛，感悟道学的境界，可知他也是有仙骨的不俗之人。

宗少文和司马子微，是弃官隐居的道人，李白是被唐玄宗抛弃而赐金还山的诗人，那么，是不是在入世官宦中就不会有仙骨呢？其实不然，历史上杰出的清官循吏，以及那些在官的卓伟学者，他们才德卓异，“心存君国”，俨然有“国士之风”，有如明代的李卓吾，清代的戴名世，历代殉身于真理的此类名士，也可谓是秉有仙骨的超尘脱俗之人。还有许多儒士虽然像杜甫所说“苦被微官缚”，而能“澹泊明志”，“磊磊落落”，面对淫威而不肯谄媚失节，即所谓“此膝难曲”者。

澄怀观道

国士之风

心存君国

高雅与庸俗之分，关系到中国士大夫伦理道德观念的一个基本标尺。儒家传统把读书和人格修养融为一体，去俗向雅成为读书人的内心追求。苏东坡把青竹作为高雅的象征，曾说："可使食无肉，不可使居无竹。无肉令人瘦，无竹令人俗。人瘦尚可肥，俗士不可医。"篆刻家陈錬刻过一方闲章，文为："士生于世，可以百为，惟不可俗，俗便不可医。"

纪晓岚《阅微草堂笔记》写过一个故事，大意是：外祖父张雪峰家，牡丹盛开，家奴李桂夜间看见有两个女子凭栏而立，一个说："月色真好啊！"一个说："这边牡丹花少，难得这几株开得绝好！"李桂知道她们两个是狐仙，掷瓦片击之，突然不见了。过不一会，砖石乱飞，窗棂都被砸坏。雪峰公上前拱手施礼，说："赏花韵事，步月雅人，何必要与小人计较，以致大煞风景呢？"说罢，立时安静。雪峰公感叹道："此狐不俗！"

这个故事中的家奴李桂，用瓦片打狐，属"小人"、俗人之举；

苦被微官缚

澹泊明志

二狐赏月观花，是雅事，虽然报复家奴，砸了窗户，经雪峰公赔情，立即住手，因而雪峰公感叹：这狐仙真不俗！

由这一故事可知，传统文化中的雅俗理念，也引申到了鬼神魔怪领域中。按照神话的说法，虫兽之类须经苦修，才能得道成仙。蒲松龄《聊斋志异》中的狐仙，都很善良而多情。这使我们又想到了另一句名言："多情乃佛心。"

"不俗即仙骨，多情乃佛心"。此联应是集句而成，对仗极工整，但上下句各有寓意，下句为佛教语。据说这是白云山能仁寺一副古时的楹联。"文化大革命"中笔者毕业分配到了广州，在那里等待二次派遣，无聊中曾往白云山一游。那时已经是扫四旧的狂风之后，山上寺庙关闭，这副楹联当年曾被扫荡与否，亦不得而知。

无论什么时代，大千世界中人们雅俗深浅，总是千差万别，不可能人人都有仙骨，都成佛心。然而，前贤留下的精彩话语，应

磊磊落落

此膝难曲

该让大家知晓，尽管各有不同程度的理解，而对于提升人的素质总会有益的。假使在“文化大革命”那种打砸抢的形势下，人们能够得到“不俗即仙骨，多情乃佛心”的启迪，或许就会少一些疯狂吧。

“不俗即仙骨”，“澄怀观道”，“心存君国”，“国士之风”，“苦被微官缚”，“澹泊明志”，“磊磊落落”，“此膝难曲”，“多情乃佛心”，这九方印章中，笔者尤喜爱“多情乃佛心”，这是一方铜印，现代篆刻名人顿立夫的作品，铜字刻得如此秀逸，不可多得。

七五　读古人书，友天下士

清代篆刻家徐宝屿，字崑臺（简写作昆台），是乾隆三十六年（1771）举人，因为他的传世作品罕见，所以他的大名也几乎消失，只有在篆刻辞典上才能查到。1937年（岁次丁丑）日本侵华，西泠印社所在地杭州沦陷之后，文物随之遭劫，丁仁等人将劫后搜罗到的明清印篆，编辑了《丁丑劫馀印存》一书，此书中就有关于昆台的记载，认为昆台作印师法秦汉，兼及元人，古劲浑厚，秀挺绰约。

这里有三方昆台篆刻的印章：

㈠白文“温故知新”；

㈡朱文“开卷有益”，与前一印形制相同，是为对章；

㈢“读古人书，友天下士”，椭圆形章，白文逼边，并仿古封泥法，使弧边切齐，形成笔画边残。

“温故知新”出自《论语》。孔子曰：“温故而知新，可以为师也。”成语“开卷有益”，告诉我们读书必有好处。

温故知新

开卷有益

“读古人书，友天下士”也是前人的成句。读书与友士密切关联，因其读书多、学识厚，便与天下的士人同气相求；而与天下士人交游结友，更有利于切磋学问，砥砺名节。

另有一印，文为：“读有用书，行无愧事”。边款：“癸丑夏日，西谷作”。观其篆法，犹有明代人遗意，可断为清早期汪镐京所作。汪镐京，字西谷，明嘉靖兵部侍郎、诗文家汪道昆的后裔，自有家学渊源，癸丑年正是他“四十而不惑”，艺术精熟之时。

孔子说：“我非生而知之者，好古，敏以求之者也。”古人的书，是人类千古经验和睿智的结晶，而且经过历史流传和汰选，留下的多为精华，足以启迪后人。从文化源流的意义上来说，古人是源，今人是流，不知古，焉知流？“温故而知新”，不温故，何以知新？因而，学习必好古，必读古人书。当然不是说今人的书不读，“有用书”都要读，问题在于往往有人认为今人书才有用，古人书过时了，其实是读古人书更为有用。

读古人书 友天下士

清代学者钱大昕说："今之学者读古人书，多訾古人之失。"他所批评的爱指责古人失误的学者，大概是指乾嘉时期考据学派中的一种倾向。钱大昕坦言自身体会道："吾能指人之小失，而不能见吾之大失。"我们现在的人读书，这种现象更为普遍，都可以指出古人的小的失误，却是看不见今人的大的失误。

古今之争，由来已久。夏丏尊、叶圣陶二先生撰写的国文课读物《文心》中，有一篇《读古书的小风波》，内容大致是：国文教师主张学生看古书、学古文，青年学生反对老师的意见，他们不赞成将"中国社会所以弄到这样不可收拾"归咎于"青年抛弃了国学，抛弃了礼教的缘故"，不赞成用读古书来"正人心，隆世道"，为此在学校墙报上发了一篇文章，题为"谁愿意迷恋骸骨"。夏、叶两位作者在文章中，对于"一偏之见"的学生，予以循循善诱的诲教，指出古书并不是什么"骸骨"，并举例说"单说一部《礼记》，要研究古代民俗和儒家思想就少不了它"。这篇文章写于五

读有用书 行无愧事

四运动后不久的二十年代，尽管两位作者都是新文化运动的激进人士，但他们国学底蕴深厚，属于爱古人、读古人书的新型学者。

原以为读古人书只是中国文化的传统，而在德国哲学家叔本华的散文集中，却看到了一篇奇文:《论阅读与书籍》。这位哲学家年轻时学到一句“优美的箴言”，从此便成为他的指路名灯，这句箴言便是:

> 勤读古人书吧，真正的古人本身；
> 今人为他们所说一切并不值一文。

叔本华写道:“难以置信的是，读者竟如此愚蠢和荒谬，他们把各个时代各个国家各种最高尚最罕见的大家放着不读，偏要读每天出版的平庸头脑的粗制滥造，它们像苍蝇一样每年数不

读古人书

尽地孵化出来”,“因为人们不读各个时代的最佳作品,永远只读最新的东西,作家们便停留在流行观念的狭小圈子里,时代便越来越深地沉陷在它自己的粪土之中。”

一位十九世纪的西欧哲人，竟然好像是在批评当代中国的读者。

七六　医俗莫如读书

有一枚两面刻小印，一面阳文，一面阴文，内容都是“医俗莫如读书”。阳文字形拉长，竖画密排，有似栅栏一样，称为“栅子文”；阴文看去又似织布机上的丝线，细密而不紊乱，称为“纬丝文”。这种篆法，殊为罕见，当代篆刻家大概已经不得其要领了。

然此印材不佳，仅宽 1.5 厘米、长 3.5 厘米，而且已残破，字迹有损，在市场上已经半文不值。笔者所以藏之，除了其篆法特殊的原因，主要是喜其内容，“医俗莫如读书”一语，足以让人品味和思索。

黄庭坚《答宋殿直》文曰：“人胸中久不用古今浇灌之，则尘俗生其间，照镜觉面目可憎，对人亦语言无味也。”

今人钟叔河著《笼中鸟集·古人的短信》，对上述黄庭坚的一则短文，作了如下解说：

人的身心，若不常常接受古今好思想好文章的洗

医俗莫如读书

礼熏陶，必然染上庸俗的灰尘；一照镜子，便会发现自己的形象越来越委琐，开口说话，也不免带上越来越重的浊气。

黄庭坚是性情中人，诗词书法都极具特色，所作小文也清隽脱俗，很耐咀嚼，这封短信便是一个很好的例子。

他不愿见庸俗的面目，不乐听庸俗的语言，自己更不甘于庸俗，唯一的办法，便是“用古今浇灌之”。

“古今”指古今智者才人的思想和文章，气质和风格，能够使我们脱离庸俗，提升品位。其人虽无法时时接近，其书却可以时时阅读。这种阅读，也就是黄庭坚所说的“浇灌”。

说到能够医俗的智者才士，今人应有，而从书中读到的古人往往更令人仰慕。譬如，孔子门下最贤者是颜回，东汉时有儒士黄叔度，人称是颜回再世。介休人郭林宗博通典籍，弟子至数千人，名震京师，而他尤其敬重黄叔度，他说："叔度汪汪如万顷之波，澄之不清，扰之不浊，其器深广难测量也。"又有曾任并州刺史、谏议大夫的周举，博学洽闻，时称"儒者宗"，他也极敬重黄叔度，常说："吾时月不见黄叔度，则鄙吝之心已复生矣！"

周举这句经典的话，在《世说新语》首篇中可以读到。我们由此可知，高士的思想气质足以感染于人，与之相处可使人脱离庸俗，否则便又要产生鄙陋狭隘的俗气了。"医俗莫如读书"的道理也是这样，对于大多数人来说，读书曾经使我们产生过高尚的情操和理想，如果一旦陷入世俗事务中，久不读书，"鄙吝之心"便又复生了。

医俗是先前读书人的一个自觉的人生追求。《随园诗话·卷五》有一首清代人诗，写道："一代文章擅逸才，开轩吟罢兴悠哉。

勤读古人书

官闲且喜能医俗，为与诗人坐卧来。”联想到我们当代官员，忙碌于文山会海之中，大多不读书，更不读古人书，因而俗吏居多。我们确实应当提倡腾出闲馀时间来好好读书，以“与诗人坐卧”，与文章逸才打打交道，以能医俗。俗而不医，如何能真正为人民服务？那些劳民伤财的“政绩工程”便是一代俗史的见证。

七七　静以修身,俭以养德

“静以修身,俭以养德”,朱文印,结篆停妥,颇见章法,只是字体稍有匠气。

“淡泊明志,宁静致远”,白文方章,篆字缜密,但不紊乱,平实整齐。

以上两则印语,出自诸葛亮的《诫子书》,文章短小精悍,不妨全录如下:

> 夫君子之行,静以修身,俭以养德。非澹泊无以明志,非宁静无以致远。夫学须静也,才须学也,非学无以广才,非志无以成学。慆慢则不能研精,险躁则不能理性。年与时驰,意与日去,遂成枯落,多不接世,悲守穷庐,将复何及!

这是孔明先生写给他的儿子诸葛瞻的一封家书，训诫和教

静以修身 俭以养德

诲的话语中,流露着深切的期望和鞭策。全文大意是:君子的品行,一是靠静心修身,二是靠俭朴养德。如果不能恬淡寡欲,就不会树立大志;如果不能宁心静虑,就难以达到高远目标。学习必须专心致志,才干必须从好学中得来,不学习不会有深广才智,不下决心不会有学业成就。怠惰就不能振奋精神,浮躁就不能调理性情。年华和意志都将随着光阴流逝,如同草木枯落一般,如果不能及时有担当于社会,悲凉地守在贫寒屋下,到那时还来得及做什么呢?

类似这种家训的文章,立足于教育后人,传续美德,历来受到世人崇重。曾国藩有《书赠仲弟六则》,是写给曾国璜的,“六则”指清、俭、明、慎、恕、静,每则都有具体的内容,但都不外乎诸葛亮的“修身”、“养德”、“明志”、“致远”这些基本的人生哲理。

曾国藩在与太平天国作战期间, 还给曾国荃写过一副对联说:“打仗不慌不忙,先求稳当,次求变化;办事无声无臭,既要老

淡泊明志 宁静致远

到，又要精明。”这两句话明白实在，而从精神内涵上看，也就是把“六则”的修身处世道理，具体运用到打仗和做事上了。

据《三国志》记述：诸葛瞻任蜀国行都护卫将军，遇魏征西将军邓艾伐蜀。魏军自阴平由景谷道旁入，蜀军前锋被击破，诸葛瞻退驻绵竹。邓艾派人送信，诱惑诸葛瞻说：“你若要投降，我可以上表请封你为琅琊王。”诸葛瞻见信大怒，将送信人斩杀，遂出战，结果大败而阵亡，时年三十七岁。

固然兵家胜败不全由人，然而，诸葛瞻怒而出兵，失于轻率，完全没有做到“打仗不慌不忙，先求稳当，次求变化”。诸葛亮对他这个儿子，从小便深切关爱，在写给其兄诸葛瑾的信中说：“瞻今已八岁，聪慧可爱，嫌其早成，恐不为重器耳。”他正是怀着“嫌其早成”的这种担忧，在《诫子书》中谆谆嘱咐“静以修身”、“非宁静无以致远”、“险躁则不能理性”，然而，诸葛瞻最终还是缺少了“静”的修养，以致因“险躁”而败亡。

现在经常见人们请书法家写了“淡泊明志，宁静致远”的字幅，悬挂于室内。但要真正去领悟这两句话的含义，真正向着那样一种人生境界去修养，却是很少有人能做到的。

七八　诙谐掩拙，放浪藏真

“悝谐掩拙，放浪藏真”，是一方白文印，它的文字布置很有特色，在左下方留出了一字的空白，这是印谱中也罕见的章法。作者显然是一位很有个性的人，其边款刻满四侧，文如下：

> 今人于引首、压脚、闲杂等印，每取成句，已非古制。况秉性严毅者，多用道学语，往往失之尘腐；天姿潇洒者，多用绮丽语，又失之娇冶；逆境居多者，多用牢骚语，不免怨天尤人；奇异自喜者，多用险僻语，不免违时忤俗。若于六经诸史，非有裨于世教，即取风雅宜人者，庶无此病矣！
>
> 嘉庆壬申秋八月，傅宜记。

傅宜其人，辞书未载，生平不详，上面这段跋语却颇有馀味。正如这位傅宜先生所说，我们看到的各家闲章，基本上都是

悝谐掩拙 放浪藏真

道学语、绮丽语、牢骚语、险僻语等这么几种。譬如:“游居有常,必就有德”,属于道学语,出自《管子·弟子职》,意思是要求人的行止起居,时时遵守常规,而且要接近有德之士;“月来天似水”,属绮丽语;“一生多累为柔肠”,属牢骚语;“不为无益之事,岂能悦有涯之生”,人要快乐必做无益的事情,这种说法有些险僻,恐不能为我们的社会所接受。傅宜先生认为这几类闲章都不可取,他主张闲章内容要“风雅宜人”,所以他自撰了“悝谐掩拙,放浪藏真”这个警句。

“悝”有嘲讽的含意,“悝谐”意同诙谐,多指谈吐幽默风趣。“放浪”即是形骸放浪,言行随意,不受拘束。这一印语的寓意,表示用外表上的诙谐和放浪,把质朴率真的性情掩藏起来。换句话说即是:在幽默风趣、不拘形迹的言行外表下,内里实际蕴含着纯朴的品格和思想真谛。

上文说到诸葛亮的《诫子书》,训教句句都很严切。再看他一

游居有常 必就有德

月来天似水

一生多累为柔肠

生中竭忠国事，更是夙夜忧叹，直至鞠躬尽瘁，这诚然令人敬慕不已；然而，历史上的前贤达人中，还有另一类人物，他们性格滑稽，行为洒脱，出言诙谐，善于嘲谑，也颇能博得人们的喜爱。司马迁著有《滑稽列传》一文，并说：“谈笑微中，亦可以解纷。”滑稽言笑之间，不但能愉悦人生，还能达到为国家和社会排难解纷的效果，实在是值得赞许的。

太史公所写的滑稽人物，有淳于髡、东方朔等人，虽然没有写庄子的滑稽，也曾说到庄子“其言洸洋自恣”。其实，“悝谐掩拙，放浪藏真”这句话用于庄子是最恰当不过了。庄子既能梦中变成翩翩起舞的蝴蝶，又能想象鲲化为鹏“扶摇而上者九万里”。看到篆刻的“鱼乐”二字，我们都会想到《秋水》篇中那个故事。庄子和惠施在濠水桥梁上游玩，庄子说：“你看那鲦鱼从容地游玩，这是鱼的快乐啊！”惠施说：“你不是鱼，怎能知道鱼的快乐？”庄子说：“你不是我，怎能知道我不知鱼的快乐？”庄子又说：“我游

不为无益之事
何以悦有涯之生

鱼乐

桥上而乐，就知道鱼游桥下也会同乐。”

庄子能和鱼同乐，我们大家也都可以学会和鱼同乐。

七九　竹溪茅屋，啸傲其间

“竹溪茅屋，啸傲其间”，是一方紫檀木印，边款曰：“嘉庆庚午秋日，秋亭余崧，戏制”。余崧是清中期一位画家，号秋亭，所绘花卉雅静有致。

“闭门读奇书，开门延高客，出门寻山水”，具款墨庄，是乔林临摹明代人的作品。

还有不少这样的闲章，如：“清风明月一琴书”，“乐琴书”，“放旷自乐”，寓意都在于表现文人的隐逸疏放情怀。

“竹溪茅屋”是隐逸之士的居所的象征。当年李白住在山东徂徕山下竹溪那个地方，与其他五位诗人整天纵酒酣歌，有“竹溪六逸”之称。“啸傲”是一种不受拘束、傲然自得的情态，不啻指放歌长啸。或是闭门读书吟诗，或是与高士侠客谈经论道，或是登山临水、吟风咏月，这些无不都是啸傲之为、放旷之乐。

古时的隐逸放旷之士，陶渊明是一种情况，他曾经做过小官，但不肯折腰，辞职归来，从此便“草庐寄穷巷”，“啸傲东轩

竹谿茅屋 啸傲其间

下”。《儒林外史·楔子》说的王冕，又是一种情况，他出身贫寒，自学成才，而天性磊落，不与官宦交往，不但不要功名富贵，而且躲避功名富贵，最终为逃避朝廷诏用而隐藏于会稽山中。此外更多的情况，是历经宦海浮沉，在政治倾轧中遭遇了磨难和摧挫之后，或急流勇退，或避祸抽身，或坐事贬退，或是心灰意懒而引疾辞官、告老还乡。唐诗有道:“一朝谢病还乡里，穷巷苍苔绝知己。”“自此光阴为己有，从前日月属官家。”

魏晋时期的“竹林七贤”，指阮籍、嵇康（字叔夜）、山涛（字巨源）等名士。山涛少年时就有器量，介然不群，好老庄之学，但他属于虽有耿介品格、又能兼善天下的“并介之人”，出仕之后深得当朝信任，官至太子少傅、尚书仆射、领吏部，加光禄大夫。嵇康的性情却只是一味的清高狂放，正如山涛所说:“嵇叔夜之为人也，巖巖若孤松之独立！”嵇、山二人虽然“契若金兰”，但当山涛举荐嵇康出仕时，却被嵇康拒绝。嵇康为此写了《与山巨源绝交

闭门读奇书开门延高客出门寻山水

书》，此文收入《昭明文选》，成为一篇传世名作。

嵇康在这篇《绝交书》中，充分表达了他远离政治的隐逸思想。他赞赏老子、庄周“亲居贱职”，柳下惠、东方朔“安乎卑位”；并认为游山泽，观鱼鸟，使人心情快乐，而一旦做官，这种乐事便丢掉了，哪能丢掉自己快乐的事情，而去从事令人可怕的事情呢？他坦言自己不能从政有九条理由，其中一条便是他经常“非汤武而薄周孔”，不能为礼教所容忍。因而他表示：“但愿守陋巷，教养子孙，时与亲旧叙阔，陈说平生，浊酒一杯，弹琴一曲，志愿毕矣！”

嵇康拒绝从政的内在因素，是他从政治立场上不愿意与篡夺曹魏政权的司马氏合作，有避世远祸的思想，然而，结果还是被杀害了。鲁迅说过，《与山巨源绝交书》中的“非汤武而薄周孔”一语，带有生命危险，因为这篇文章司马懿就要杀他。“汤武是以武定天下的；周公是辅成王的；孔子是祖述尧舜，而尧舜是禅让

清风明月一琴书

乐琴书

放旷自乐

天下的。嵇康都说不好，那么，教司马懿篡位的时候，怎么办才是好呢？没有办法。在这一点上，嵇康于司马氏的办事上有了直接的影响，因此就非死不可了。”

所谓“竹溪茅屋，啸傲其间”，其实是文人的一种理想境界。若是逢上乱世，想避世远祸的愿望，并不是都能实现的。何况许多人完全没有隐逸的意识，总是要趋炎附势，却不知道宦海中如履薄冰的危险。

八〇 闭门即是深山

“闭门即是深山”，同一内容的两枚小章，一人所刻，可知作者对这句话极有兴趣。

过去把隐居叫做息影山林，实际上未必到山林里才能隐居，即使在闹市，闭起门来也如同深山一样，有道是“小隐隐山林，大隐隐朝市”。无论大隐小隐，不是看身在何处，根本上是看心在何处，内心宁静，思怀玄远，才是真正的隐。正如《菜根谭》所说：“心地能平稳安静，触处皆青山绿水。”“心无物欲乾坤静，坐有琴书便是仙。”心湖中没有任何风波的时候，仿佛到处都映现着青山绿水的美景，自身便沉浸在一片恬静愉快之中。内心不被物质欲望所蒙蔽的时候，就会感受到整个乾坤是那样明朗清静，让琴和书陪伴着消受那宁静的时光，便会像神仙一样美好和自在。

“闭门即是深山，读书随处净土。”语出《小窗幽记》。作者是明代隐士陈继儒，这两句话大概是他隐居生活的亲身体会。

陈继儒是松江华亭（今上海）人，号眉公。少年聪异，能写文

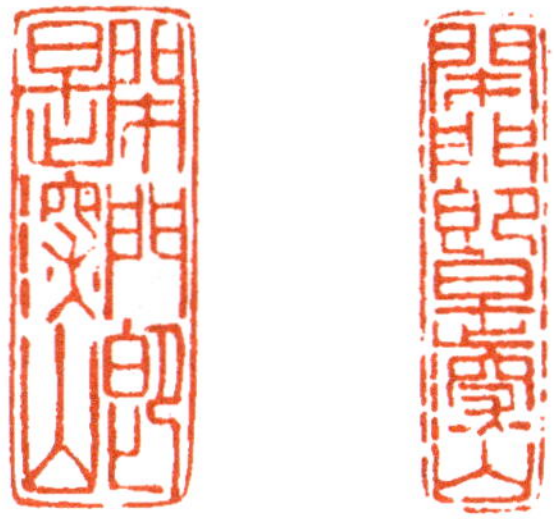

闭门即是深山

章，入学为生员，与董其昌齐名，但他没有走科举道路，二十九岁时将儒生衣冠焚弃，开始了他的隐逸人生。他到山村去构筑草堂数椽，焚香晏坐，杜门著述，屡次奉诏征用，都托病推辞不出。其著述大多有风致，书法绘画亦名重一时。《小窗幽记》是一部关于修身处世哲言的小品集，经久流传，颇能益人神智。

又有一对酱油青田石章，镌文曰："闭户焚香，洎受个中滋味，惟有读书临帖；开窗待月，放宽底里襟怀，只是饮酒赋诗"。读此印，感觉颇有魏晋人的风鉴。

据陈寅恪先生研究，魏晋时期的清谈隐逸之流，"都是避祸远嫌，消极不与其时政治当局合作的人物"。"竹林七贤"是先有"七贤"而后有"竹林"。古代印度最初的寺院称为"竹林精舍"，因而以竹林园泛指佛教寺院，"竹林七贤"的名义原先与寺院有关。"竹林"既不是地名，也不是真有什么竹林，便也可以说"闭门即是竹林"了。

闭户焚香洎受个中滋味惟有读书临帖

开窗待月放宽底里襟怀只是饮酒赋诗

此中空洞无物

“放宽底里襟怀，只是饮酒赋诗”这两句话，对于描写“竹林七贤”应该是最恰合的。七贤中的刘伶，尤其嗜酒，经常醉酒醺醺，在屋内脱衣裸体，人见讥笑他，他却说：“我以天地为栋宇，屋室为裈衣，诸君为何入我裈中？”当时的名士任性放达，其底里（内心真情）、其襟怀也确实宽阔。《世说新语》有一则幽默的记述：王导枕在周伯仁的膝上，指其腹部问道：“你这肚子中有什么东西？”周伯仁答曰：“此中空洞无物，然而能容你等数百人。”

“此中空洞无物”一印，略似明代人印风，有文彭款。

八一　莫把心机织鬓丝

清代人所撰《重订增广贤文》，辑录了许多精辟的格言，和《幼学丛林》并列为少儿启蒙读物。谚语说："读了《增广》会说话，读了《幼学》走天下。"实际上《增广》并不只是教人会说话，而是教人如何接物处世，虽然其中有些内容在时代变迁中已经黯然失色，已经与现代社会生活格格不入，但也不是完全没有意义了。无论时代如何变迁，作为人的本性的东西总是变不了的。古代许多格言，或出自诸子百家，或出自诗词小说，凝集了人们长久历史中形成的经验和感悟，其中不乏真谛和智慧，至今读来不但不觉其陈旧，而且好似说的就是今天的现实一样。印人篆刻的闲章中，时见有出自《增广》的名言。

"且将酒钥开眉锁，莫把心机织鬓丝。"这是《增广》中的一则联句。意思是说，要交结朋友饮酒欢乐，那是解开愁眉的钥匙；切不要为名利的事情费尽心机，如果心里像一台丝织机一样成天穿梭不停，织出来的只能是头上的白发丝。

莫把心机织鬓丝

“名利是缰锁,牵缠时,逆则生憎,顺则生爱;富贵如浮云,觑破了,得亦不喜,失亦不忧。”这一条格言的上句,意思是说:名和利的东西,是可以拴住人的缰绳,是可以禁锢人的铁锁,不顺的时候让人恨它,顺遂的时候让人爱它,总之是把人捉弄得脱不出身来,最后总得把人越拴越紧,锁死才罢了。下句“富贵如浮云”,语出《论语·述而》。子曰:“饭疏食,饮水,曲肱而枕之,乐在其中矣!不义而富且贵,于我如浮云。”孔夫子的话真是不错,吃粗饭、喝白水、枕着胳膊睡觉,人生快乐就在里面;而那种不义的人,任凭他怎样富贵,也不过同天上的浮云一样,说散就散了。如果读明白了夫子的话,就把人生看破了,富贵即使得到了也不会高兴得不知所以,失去了也不会因此忧愁,心灵就永远会是平静而安宁的。

《儒林外史》写的范进中举,是一个有名的故事。那个书生看到中举的捷报,立刻就发了疯,散着头发、满脸污泥、口里叫着

名为锢身锁

"中了中了",胡屠户喝道"该死的畜生你中了甚么",一个嘴巴打将去,才把疯子打醒过来。《聊斋志异》写的王子安,也是一个痴心功名的典型,他屡次科考不中,喝得酩酊大醉时,听人喊道"报马来了",他就叫给报录人"赏钱十钱",以为自己中了进士、做了大官,立时就要出去夸耀,并且发怒打骂跟班,醒过来后,妻子笑他说:"家里只有我这个老婆子,白天为你做饭,晚上替你暖脚,哪里有跟班来伺候你? "他才解嘲说:"以前有人被鬼戏弄,我是被狐狸戏弄了。"看到这样的故事,不禁让人联想到当下,我们也常常遇见那种名利熏心的人, 也不知是被什么鬼戏弄得迷了心窍。

李斯是历史上著名的政治家,对于秦王朝一统中国的大业,发挥了重大作用,但他贪恋高官厚禄,阿顺秦二世,最终遭到诬陷,与儿子同被处死,临死时对儿子说:"我想和你再牵着黄狗,到上蔡东门去打兔子,还能再有机会吗?"又有西晋文学家陆机,

悔之晚矣

曾官平原内史,也是遭人谗陷,被杀害时说:“我很喜爱听华亭的鹤叫,以后还能听得到吗? ”这都是“悔之晚矣”的历史故事。

当下一些贪图名利的人,当然不足以与李斯、陆机这样的杰出人物相拟比,现在人们往往是为了蝇头蜗角的小小名利,竟然也要争斗到头破血流。那些因为贪腐而受到法律制裁的人,或是因为斗气而生病早亡的人,最后忏悔的话也都是这一句:“悔之晚矣!”

“莫把心机织鬓丝”,“名是锢身锁”,这两方旧印镌治不俗,有浑脱意。“悔之晚矣”屡见于印谱,历来多家有刻此印。

八二　人间清福第一

人们对于幸福的理解，各有不同。有志之士，公而忘私，以奉献于国家社稷为幸福；普通百姓，勤俭持家，以丰衣足食为幸福；功名心切者，或官运亨通，或荣誉纷至，以名利双收为幸福；财富欲强者，或经营暴发，或贪赃得手，以积伫越来越丰厚为幸福。然而，除了那些需要劳心劳力去争取的个人心目中的某种幸福之外，还有一种幸福，是人人都需要的，它说来容易，得来却并不容易，这种幸福就叫做“清福”。

清福和“闲”字联系着，“闲即是福”。要享受清福，那就是要在该闲的时候，真正闲下来，所谓“得闲闲处且闲闲”。

《菜根谭》说：“心无物欲乾坤静，坐有琴书便是仙。”真正的闲不是身闲，而是心闲，内心不被物欲蒙蔽，就是“物外闲人”，就会觉得自身所处的乾坤境界无比的开阔和明净；在闲居无事之时，有琴瑟音乐、图书诗文陪伴着消受时光，生活就会像神仙一样逍遥自在。

人间清福第一

所谓"读异书，饮美酒，赏名花，对丽人"，这是旧时代文人们所理想的一种闲雅的清福。其实更会享受清福的人，也许还是劳动者。以前小农经济时，农人没有过多的物欲，他们起早贪黑，春种秋收，十分辛苦，但也有闲的时候，一是雨闲，雨天不能下地，便聚拢到一起下象棋、听说书；二是冬闲，冬天没有农活可做，便到向阳背风的地方，晒日头、捉虱子；三是能闲，农村的能人，即是有特长、有爱好的人，他们最会找闲，一有馀闲就显摆，比如编快板、唱山歌、吹唢呐等等。农闲的快活便是庄稼人的清福。

为什么清福说来容易？因为不论是从事任何事业，不论其工作如何繁忙，总会有休息的时间，只要会休息，就是闲，就是清福。为什么说它得来又不容易？因为有许多人总也闲不下来，他们即使在休息时间，即使是吃饭睡觉时间，心里仍然在捉摸事情，睡梦也不能安宁，即便身闲，心也不闲，这种人便不知道何谓清福。

闲即是福

得闲闲处且闲闲

清代的袁枚写过一篇小品故事，题为“官癖”，大意是：南阳府一个明代的太守，死在官署中，魂灵不散，每天早晨到了点卯的时分，仍然身穿官服，头戴乌纱，上堂正位端坐，接受吏役们的叩拜，等到日光大明，这个阴魂才消逝。直到清朝雍正年间，一个姓乔的太守到了南阳上任，他听说这事后，笑道：“这是一个官癖！人已死了，自己还以为没死，我要让这鬼魂明白明白才行。”乔太守在黎明前早早就先行坐到大堂上，那个死灵魂一来，远远看见堂上已经有人占坐，不敢再往前走，长叹一声便消散了，从此不再出现。

这种“官癖”，死了都不清闲，何况活着的时候。

现代作家夏衍，曾在《日曜漫笔》一文中写道：

> 向来的士大夫，在野的时候，临场赶考，经营巴结，一心但求做官，以享其富贵；而既到在朝的时候，则又

读异书 饮美酒 赏名花 对丽人

随时表示"志在山林","浩然有归志",以示其风雅。

不料这套玩艺儿,至今仍为歌功颂德文章中必要的装饰,难道中国的社会竟没有变吗?

夏衍这篇文章写于1943年,似乎还带着五四运动反封建的基调。平心而论,过去的士大夫一心求做官,也不完全是为着"享其富贵",许多士人确有着辅世匡治的儒家情怀;他们表示"志在山林",也不都是为了"示其风雅",辞官归隐者历来不乏其人,并不只是陶潜、郑燮。"山林士胸怀庙堂,轩冕客志在林泉",身居显要之时,即使不能归隐,但有一种淡泊名利的林泉情怀,也许会有利于为官清正。

至于夏衍提出"难道中国社会竟没有变吗"这个问题,现在倒是可以回答了。今天的士大夫们在朝的时候,绝无"志在山林"的思想,也不"示其风雅"了,及至退休的时候还不能甘心,退休

物外闲人

以后仍然要“发挥馀热”，以种种方法干预时政。中国社会的这种变，难道就是夏衍先生当年所希望的吗？这样的变，反倒不如不变的好。社会信息日益复杂，生活节奏日益加快，人心日益浇漓薄情，一切都被卷入滚滚红尘中，卷入无休止的奔波和竞争中，难道人们到了疲惫不堪的时候，还不想清闲清闲吗？到了这种时候，不妨回过头去学一学古人，学一学先前人们那种清福的闲。

闲章“读异书，饮美酒，赏名花，对丽人”，临摹于清代书画家何绍基，对照何绍基书画作品上所钤之印，可知摹品远不及原作。“人间清福第一”、“闲即是福”、“得闲闲处且闲闲”、“物外闲人”这几方小印，篆法上也无甚特色，但都不失传统意味。

八三　梅寒而秀，兰素而芳

清代早年印钮雕刻家杨璇，字玉璇，又名杨玑，福建漳浦人。其雕刻艺术精粹无比，当时有赞誉说他“运刀之妙，如鬼工”，被尊为寿山石雕鼻祖。平生佳作被选为贡品进献宫廷，据说故宫博物院藏有其遗作。

“梅寒而秀，兰素而芳”，是一枚十分难得的杨璇小品。所作随形薄意，一面是满树梅花，一面是山石幽兰，释文款字亦为凸雕，巧俏传神，精雅可人。

历代诗词文学作品中，赞美梅花与兰花的佳句俯拾皆是。元曲《琵琶记》有词道：“不是一番寒彻骨，哪得梅花扑鼻香。”恽寿平题画诗有句：“古梅如高士，坚贞骨不媚。”郑板桥擅画兰石图，他的题画诗都很精湛，如：“兰草已成行，山中意味长。坚贞还自抱，何事斗群芳。”

“梅寒而秀，兰素而芳”这两个短语，可以说是凝练了历代许多诗词的意蕴。这枚印章的精心创作，寄托了作者对于坚贞和淡

梅寒而秀 兰素而芳

泊节操的深深向往，以至我们现在来欣赏这件作品，仍然不能不引起心灵的感动。

又有一印：“人服媚之如是”。“服”指佩戴，“媚”即是爱，这句话意思是：人们对于佩戴兰花是多么的喜爱呀！

据《左传·宣公三年》记述，燕姞“梦天使与己兰”，“以兰有国香，人服媚之如是”，自此之后，兰花被称为国香。

黄庭坚《书幽芳亭》写道：“士之才德盖一国，则曰国士；女之色盖一国，则曰国色；兰之香盖一国，则曰国香。”

中国文化史上有“四爱”之说，即：陶渊明爱菊，周敦颐爱莲，林和靖爱梅，黄庭坚爱兰。黄庭坚因为写了《书幽芳亭》一文，获得了“四爱”之一的美称。他的这篇文章确实也写得很精彩，要害之笔是文章的结尾处，引用了《三国志》刘备杀张裕的典故。

张裕是个很机智的人，能观星象，预测吉凶。但他出言不逊，触犯刘备，甚至把预测蜀汉何时衰败的话也说出来了。刘备“衔

人服媚之如是

其不逊，加忿其漏言”，将他下狱。要杀他时，诸葛亮上表求情，刘备不允，说道：“芳兰当门，不得不锄。”

兰花的性情，天生素洁高尚，生在幽谷之中，绝不能去到那种荣华富贵的地方，若是生到权贵的门上，就会遭到锄杀。黄庭坚为此感叹：那些怀着逸情洁志的高士，如同兰花一样，只能幽隐于山林，“所以往而不返者也！”

八四　一生心事花鸟知

“白云长满目，芳草自知心”，语出唐诗。皇甫冉《送庐山人归林虑山》写道：“无论行远近，归向旧烟林。寥落人家少，青冥鸟道深。白云长满目，芳草自知心。山色连东海，相思何处寻？”这是一首辞别友人的诗：友人远去了，归向那人家寥落、飞鸟绝道的远方去了，熟悉的身影已无处可寻，不能不教人顿感孤独和寂寞，眼前白云飘来飘去，也只有萋萋芳草可为知心者，聊以寄托相思之情罢了。

“自家冷暖自家知”，原是一句家常话，被释迦牟尼的弟子们赋予了一种禅意，所谓“法由心生”，自家应省得自家的面目，“有法无法，有相无相，如鱼饮水，冷暖自知”。而到了文人的笔下，这句话又作了另一种寓意。譬如秋凉冬寒，衣单衾薄，那种凄冷的感觉只有自己领受，别人又如何能觉到你身上的冷暖呢？又譬如人生境遇或顺或逆，有得有失，若是心愿难酬，那种失落和感伤都只在自家心头，别人又如何能理解你心中的忧乐呢？有道是

白云长满目 芳草自知心

自家冷暖自家知

“人生得一知己足矣”，偏偏是一个知己也是很难得到的，如果是得一知己而随后又失去了，那便让人愈感伤怀，纳兰性德词中说“我是人间惆怅客”，那是怎样一种凄凉的心境啊！

纳兰性德是清初一位才情卓绝的词家，他的词中溢满真情，笔调清新飘逸，读之每有耳目亲切之感。纳兰与《红楼梦》作者曹雪芹的祖父曹寅为好友，曾于宫中同事，有诗词交情。曹寅有诗写道：“家家争唱《饮水词》，纳兰心事几曾知？”《饮水词》即是纳兰的词集，取“饮水”为词集名，即有“如人饮水，冷暖自知”的蕴意。

又有成句“一生心事花鸟知”，与上述“芳草知心”、“冷暖自知”，其实都是同一种情绪的表白。对于诗文中表现的这种寂寞心态，我们不能只是从消极方面理解，不能认为那都是伤感情绪。从积极方面来看，志节高尚人士的自知冷暖的心境，是他们甘于寂寞，甘于淡泊，不傍人势力，不靠人张扬，不与人拉拢，不

一生心事花鸟知

随波逐流，不沽名钓誉，宁愿与花鸟为朋友，以芳草为知心，而不与低俗龌龊的小人交处。当社会上腐化风气盛行之时，“冷暖自知”便表现为“邪正自知”、“腐洁自知”，能够清醒不昏，知道自己内心的人格标尺，能够耿介守正，抵御污染，保持正直的人格尊严。从这种意义上说，“一生心事花鸟知”其实是一种修养，一种品格。

这方“一生心事花鸟知”印章的作者，是清代的林鸿。在其以前，同一内容的闲章已有明代篆刻家归昌世刻过，但林鸿不是一般的临摹，而是在前人基础上的创作，有着他自己的意匠和风度。

林鸿，字茱生，江苏扬州人，隐居不仕，除专意篆刻外，亦好作山水画。“一生心事花鸟知”为朱文，结字平方正直，拙实匀满，加之四周宽边，愈见端稳。参看林鸿另外两方白文印：“居静读书”、“赋诗称寿”，可知他已形成独特的篆刻个性，似是在方寸之

居敬读书

赋喜称寿

间力求设计一种图案艺术的美趣。静心赏读这些篆刻作品，能使我们体会到一个隐逸的文化人，如何在寂寞中追求唯美的那种苦心孤诣。

八五　愿作鸳鸯不羡仙

“寤寐求之”，语出《诗经》首篇《关雎》。这篇爱情诗歌的第二节写道：“参差荇菜，左右流之；窈窕淑女，寤寐求之。”荇菜是一种水草，可食可入药。长短不齐的荇菜，让人左采右采，这是运用比兴的修饰方法，以此引出下句，“窈窕淑女”才是诗歌的主题。“流之”与“求之”，音韵相同，以“左右流之”自然引出“寤寐求之”。描写一个美丽的少女，又是置之于碧水流淌的美丽情景中，加之音韵的谐悦，自然构成一篇美丽的诗歌。“寤寐求之”用白话来说，就是醒来也想，睡下也思，如此日夜思念的爱情体验人皆有之，这样一个情味醇浓的诗句，自然让人喜爱不禁。篆刻家从一篇美丽的诗歌中，撷取了一个醇浓的句子，他在镌刻这方印章的时刻，其篆刀下自然也会寄托着他的情爱与思念。

《关雎》这首诗，据研究是一首在婚礼上的歌唱，显然表现着爱情的欢乐与幸福。而《古诗十九首》中的《涉江采芙蓉》，则是一首爱人离别的忧伤之歌。

寤寐求之

涉江采芙蓉，兰泽多芳草。
采之欲遗谁，所思在远道。
还顾望旧乡，长路漫浩浩。
同心而离居，忧伤以终老。

诗中的女子，在江上采摘荷花，想送给爱人，爱人却在远方；她的爱人，也在回望家园，而道路竟是那样漫远难归。由此会使我们联想到以往时代许多悲欢离合的故事。同心离居、天各一方、忧伤终老，正是彼时人们的悲情的真实抒写，诗句凄婉，令人为之低回。“兰泽多芳草”是这首古诗的一个名句，深深的意蕴，引发人怀思，篆刻家用于治印，亦必是有所寄托。

比之“同心而离居”，更让人伤痛的事情是永别，古代诗歌中的许多悼亡诗也很感人。唐代诗人元稹有《离思五首》，是为悼念亡妻韦丛而作，其中一首写道：“曾经沧海难为水，除却巫山不是

兰泽多芳草

云。取次花丛懒回顾，半缘修道半缘君。”诗的大意是说：我们的爱情曾经像沧海那样深广，别的小水还算得上什么？爱妻你就像神女所化的巫山的朝云，除此之外别的云彩还能是云吗？即使我走在万花丛中，也懒得朝花朵回头一看，因为没有任何别的花可与你媲美，我只有参禅修道、聊慰伤怀罢了。此诗中“曾经沧海难为水”一句，造语精辟而得以流传。

《孟子·尽心》说：“孔子登东山而小鲁，登泰山而小天下。故观于海者难为水，游于圣人之门者难为言。”这是用高山、大海比喻圣门，比喻走向根本的哲理大道。但自从元稹写了“曾经沧海难为水”以后，这句话便有了别一种情味，成了用于表达情爱忠贞的一个名句。

“愿作鸳鸯不羡仙”，也是一个表述男女情昵的唐诗佳句。卢照邻《长安古意》这首长诗，以恢宏的铺陈笔法，描绘了国都的上层社会骄奢华贵的生活画面，其中有这样几句：“借问吹箫向紫

曾经沧海难为水

烟，曾经学舞度芳年。得成比目何辞死，愿作鸳鸯不羡仙。”“吹箫向紫烟”用秦楼弄玉的典故，春秋时秦穆公的女儿弄玉，传说嫁于萧史，吹箫作凤鸣，夫妇乘凤化仙，飞天而去。诗的原意是描写那些耽迷秦楼风月、歌舞缠绵的豪门男女，后来的诗文中单把“愿作鸳鸯不羡仙”一句择出，引用作了美满爱情的誓言。

《搜神记》一书中，记载有韩凭夫妇的故事。战国时期，韩凭是宋国康王的舍人（亲近属官），娶妻何氏。康王见何氏美貌，以权势将她夺取归己。韩凭怨恨康王，被罚去做了城旦（苦役），不久自杀身亡。何氏趁康王携她登台之时，投台坠死，留下遗书请求与韩凭合葬。康王发怒而不允许合葬，却将何氏埋到韩凭墓的对面，冷言说道：“既然你们夫妇相爱不已，如果两个墓冢能合到一起，我就不再阻挡。”不料一夜之间，便有大树从墓边生长出来，不过旬日，大树便将两墓抱在一起，根交于下，枝错于上，树间出现两只鸳鸯，雌雄各一，晨夕不去，交颈悲鸣，音声感人。人

愿作鸳鸯不羡仙

们将这株树，名为相思树，“相思之名，起于此也”。

从这个故事来看，若是依傍了国王，当然能过上神仙般的优越生活；而韩凭夫妇不屈于势，不慕其贵，宁可化为树间的鸳鸯。这大概是历史上出现最早的一个鸳鸯事迹，也是“愿作鸳鸯不羡仙”的一个最佳注释。

八六　岂长贫贱者乎

“好古每开卷，居贫常闭门。”这是唐代权德舆的诗。权德舆在中唐时期，曾任礼部尚书、山南西道节度使等职，因他“综贯经术，老不废书”，“风流蕴藉，自然可慕”，当时声誉很高，史称权文公。

但他出身寒门，少年时生活贫苦。其诗写道：“灌园输井税，学稼奉晨昏。”可知他曾经从事农业劳动。又见诗中有句：“丰年犹食贫”，“但虑甑生尘”，可知他家在丰收之年，仍然食粮不足，时常忧虑无米为炊而甑中生尘。《丙寅岁苦贫戏题》一诗所写更为具体：“清早起藜床，雪霜对枯篱。家人来告予，今日无晨炊。”那是一个寒冷的早晨，一起床就有家人来告知：“今天吃不上早饭了！”即使在那样艰难状况下仍然刻苦学习，酷爱读书。“好古每开卷，居贫常闭门”这两句诗，记述了贫寒书生的真实情景。

权德舆二十岁左右，文章已有声闻，后被召入朝中。他深有感慨地说道：“胡为苦此身？矻矻求自强。”“矻矻”形容勤奋不懈

好古每开卷

居贫常闭门

的状态，当初为何要那样刻苦，就是为了自强。大凡古今有成就之人，必有一种“自强不息”的精神。“志不立，天下无可成之事。”“贫贱忧戚，玉汝于成。”“家虽贫寒，也须刻苦读书；人到富贵，莫忘耕稼艰辛。”历代贤达留下的这些箴言，都是他们从风尘人生中凝练出来的真谛。

“岂长贫贱者乎？”这是一句充满信心的话。贫贱的人，难道就要一直贫贱下去吗，就不能有富贵的机缘吗？机缘是有的，然而，需要“矻矻以自强”。

“有志者事竟成”，是人人熟知的一个成语。蒲松龄的自勉对联说：“有志者，事竟成，破釜沉舟，百二秦关终属楚；苦心人，天不负，卧薪尝胆，三千越甲可吞吴。”楚霸王项羽灭秦，越王勾践灭吴，那样的天下兴亡大事，都靠刻苦砺志而能够成功，何待说其他事情呢？蒲松龄出身于破落世家，又遇科场挫折，无缘仕途，但他走上了文学创作道路，写成《聊斋志异》这部不朽名著，可谓

自强不息

岂长贫贱者乎

有大志之人。

自古杰英士，多生贫贱门。然而，人处在贫困之时，往往受到藐视。朱买臣不得志时，只靠打柴过活，曾对其妻说“我五十岁当能富贵”，妻不相信他有出头之日，只觉得眼下寒酸而羞于见人，因此弃夫而去，另嫁人家，及至朱买臣时来运转，官任会稽太守，妻感惭愧而自缢，这是汉代一个有名的故事。

唐代传奇《章台柳传》，却又记述了一个不同寻常的女性。鲁迅辑录的《唐宋传奇集》中可以看到这篇名作，说的是诗人韩翃和柳氏的佚事。柳氏容色非常，而韩翃当时还是一个贫穷落拓的书生；柳氏闻知他的诗名，从门外偷偷看他，便心生爱慕，说道：“岂长贫贱者乎！”适得朋友相助之力，成全了二人姻缘。后来韩翃进士及第，夫妇却在战乱中失散，韩翃以诗寻妇，写道：“章台柳，章台柳，往日青青今在否？纵使长条似旧垂，亦应攀折他人手！”柳氏见诗而哀伤，历经曲折，终于重归团圆。

有志者事竟成

当初柳氏倾慕韩翃之才，而不嫌其贫，“岂长贫贱者乎”一语显示她识见不凡，事迹乃能历久传诵。

八七　好花看到半开时

“好花看到半开时”,原是南宋理学家邵雍的诗句。

邵雍一生钻研学问,不要功名,隐居于苏门山(河南辉州境内),晚年卜居洛阳,名其居处为安乐窝,自号安乐先生。他写的《安乐窝》诗中,有一脍炙人口的名联,即是:“美酒饮教微醉后,好花看到半开时。”

《菜根谭》解释说:“花看半开,酒饮微醉,此中大有佳趣。若至烂醉酩酊,便成恶境矣。履满盈者须思之。”所谓“履满盈者”,指业绩已满、尊荣已极的人。赏花要看嫩苞半放那时,饮酒要到稍有醉意那时,那样恰到好处的感受,是人的精神的最佳境界;如果饮酒过头,酩酊大醉,反而就成了恶劣的境况。从赏花饮酒的道理,推及人的生平事业,对于那些履满蹈盈、贪婪不足的人来说,这个道理是尤其值得深思和警悟的。

“天道忌盈,人贵知足。”任何事物都不能太满,这是天道、天理,是宇宙规律。月满则亏,水满则溢,事盛则衰,因此,人生在世

好花看到半开时

要知道满足。老子说:“知足不辱,知止不殆,可以长久。”对于客观处遇能够知足就不会受到屈辱,凡事适可而止就不会到了危险的地步,能以懂得这个道理,就会安然而长久。

明代凌蒙初的小说《二刻拍案惊奇》卷十九,开头引了半阕《满江红》:

> 扰扰劳生,待足后、何时是足?据见定、随家丰俭,便可龟缩。得意浓时休进步,须防世事多翻覆。枉教人白了少年头,空碌碌。

这篇小说,写的是一个“牧童儿夜夜尊荣”的故事。牧童寄儿遇上了远来的道人,默授他一句“真言”,临睡时将那句“真言”念上百遍,他就能进入荣华富贵的梦境。从此他夜夜好梦,步步高升,直到在那华胥国里做了高官,招为驸马,出将入相,封侯锡

天道忌盈　人贵知足

命，身居百官之上，富贵已极。到了后来，美梦变成了噩梦，寄儿夜梦惊怕而成了重病，道人来为他治病说："人世有好必有歉，有荣华必有销歇，你前日梦中岂不都见过了吗？"寄儿这才恍然大悟说："而今晓得世上没有十全的事，要那富贵无干，总来与我前日封侯拜将一般。"

凌蒙初这篇小说的主旨，喻示的是少私寡欲的道家思想；而"花看半开，酒饮微醉"是宋代理学家的哲言，是儒家的中庸思想。在中国传统文化中，儒家代表着积极的入世主义，道家代表着消极的出世主义，两者却也是能以互相沟通的，这大概是因为，从根本上说，天道文化、人性文化才是中华文化的核心，儒和道无非都是从这个核心辐射出来的哲理。

明末清初有个学者叫李密庵，吴县（今苏州）人，本名李模，字木子，号灌溪，天启年间的进士，在朝为官，大约做到监察御使之职。明亡后回原籍隐居，自号密庵居士，写诗曰"扫苔迎古佛，竺国备遗民”，可知他皈依了佛教。从其人经历来看，应该有儒、道、释三教的文化元素凝聚于一身，因此他才能写出旨深趣浓的《半半歌》。他这篇歌谣至今为人们喜爱，兹录如下：

看破浮生过半，半之受用无边；
半中岁月尽悠闲，半里乾坤宽展。
半郭半乡村舍，半山半水田园；
半耕半读法经尘，半士半姻民眷。
半雅半粗器具，半华半实庭轩；
衾裳半素半轻鲜，肴馔半丰半俭。
童仆半能半拙，妻儿半朴半贤；
心情半佛半神仙，姓字半藏半显。
一半还之天地，让将一半人间；
半思后代与沧田，半想阎罗怎见。

知足不辱

饮酒半酣正好，花开半时偏妍；
半帆张扇免翻颠，马放半缰稳便。
半少却饶滋味，半多反厌纠缠；
百年苦乐半相参，会占便宜只半。

读着前人的“半半歌”，让人觉得我们今天的世界，似乎已经不是以往人们所在的那个世界了。社会现代化的进程中，使我们习惯了物质的耗费和奢侈，也使我们习惯了精神的紧张和损灭，大概很少有人还能从容地享受那种“花看半开，酒饮微醉”的意境了。

这里不过是两三枚小小的印章，却也许能让今人读出别个世界来。

八八　用舍由人不由己

“用舍由人不由己”，是吴晋篆刻的一枚蝉形小印。清代书画篆刻家吴晋，字进之，精研字学，所治印章苍劲与秀雅兼得。此印用黄庭坚诗句。“用舍”是成语“用舍行藏”的省词。《论语·述而》：“子谓颜渊曰：‘用之则行，舍之则藏，唯我与尔有是夫。’”这句话意思是：被人家任用就行其道，不被人家任用就退隐，只有我和你是能这样做的。

“无事时要提防，有事时要镇定”，此印用了一句通俗的格言。《小窗幽记》说：“无事如有事，时提防，可以弭意外之变；有事如无事，须镇定，可以销局中之危。”这是前贤的睿智之见。

“守口如瓶，防意如城”，此印用成语。意谓说话严密谨慎，闭嘴如同塞紧瓶口；防止心生妄念，守心如同守城防敌。据《朱子语类》解释，“守口如瓶是言语不乱出，防意如城是恐为外所诱”。

“那能人人说好”，此印为晚清书画家吴文铸所治，虽是一句平常俗话，仔细推想却也颇有深意。

用舍由人不由己

黄庭坚二十三岁时中进士第，翌年即北宋熙宁元年，授任叶县尉。叶县属汝州辖下，携妻赴汝州途中，因妻体弱，又遇暴雨洪水，延误到任日期。其时正是富弼在汝州主政，富弼本是宋朝重臣，在宰相任上因不赞成王安石变法，自请出任汝州通判一职，年已六十开外，在他眼里黄庭坚不过初出茅庐，简慢违法，非责罚不可。黄庭坚被禁闭月馀，才到叶县上任，尉职充为县令的副手，仅为“一囊粟麦”折腰，妻又不幸于此间病逝，因此，他在叶县任上心情甚不舒畅。四年后参加学官选拔考试，任了北京国子监教授，当他离开叶县回到故乡时，写下《还家呈伯氏》一诗，这首长诗的中间一段是这样写的：

强趋手板汝阳城，更责愆期被诃诟。法官毒螫草自摇，丞相霜威人避走。贱贫孤远盖如此，此事端于我何有？一囊粟麦七十钱，五人兄弟二十口。官如元亮且折

无事时要提防　有事时要镇定

腰，心似次山羞曲肘。

上述诗句大意是：当初强忍着与亲人之别离，去到那汝阳上任，却因为逾期而受到屈辱。执法者好似可怕的毒虫，而我不过是一株小草；富弼老丞相更是威风凛凛，只有躲着他走。职位低微，又孤身远行，便是这个样子，我又岂有奈何？俸禄不过值七十钱的一囊米麦，对于家中二十人口来说是微不足道的。做这官正如陶渊明所说的“为五斗米折腰”而已，想起唐朝元结（次山）所说“不曲臂以取物”的话，真让人心含羞愧呀！

《还家呈伯氏》这首诗的结尾两句，即是：“用舍由人不由己，乃是伏辕驹犊耳！”“伏辕”意谓伏在车辕上，指拉车。“驹犊”指幼小的马、牛。“伏辕驹”出于汉代的一个典故，因汉武帝要问某事是非，群臣不敢直言，武帝发怒说：“都这样畏缩不前，好像辕下驹一样，不如斩了你们这些无用之辈！”黄庭坚这两句诗的意思

守口如瓶 防意如城

是：用你不用，都由上面，不由自己；在官的人，战战兢兢，不过就像辕下的马驹罢了！

黄庭坚敢于在诗中直率地表达心中郁闷，并写到对丞相的不满，说明当年的社会文化环境还是比较宽松的。但北宋政坛上的新旧党派之争异常激烈，黄庭坚曾入朝任著作佐郎，与苏轼交党，仕途屡经坎坷，先贬黔州安置，再贬宜州，最后死在广西那个偏远的地方。清代石成金著《传家宝·好运宝典》记载说："黄山谷心法：百战百胜，不如一忍；万言万当，不如一默。"这种"心法"，也如同"无事提防、有事镇定"和"守口如瓶"云云，都是宦海浮沉中应对风险的诫语。

艰难人生造就了黄庭坚的艺术成就。他的诗词创作和书法艺术，都在中华文化史上闪烁着悠久辉彩。其传世佳作甚多，我们至今读来，仍会为他的魅力所感服。然而，对于任何人物评骘，都不会众口一词。譬如明代诗学家冯舒（字已苍），对于黄庭坚

那能使人人说好

为首的西江诗派极予贬低。王应奎《柳南随笔》说：冯已苍对于黄庭坚等人的作品，涂抹几尽，说他们诗作的“强健”就如同农夫的指掌、驴夫的脚跟，“臭硬可憎”；说他们的“孤高”，就如同老僧、寡妇的床席，“奇臭恼人”；并说“若是黄山谷再出来，我一定远避他，永不再作诗歌了”。

冯苍已这种批评，不过是诗学上一隅之说，合了吴文铸所篆刻的印语：那能使人人说好！

八九　生世馀几何

宋代诗人陈师道《寄答王直方》诗中说："生世馀几何，尺箠日取寸。""尺箠"，即尺棰，一尺之棰。意思是：人生在世还有多少日子呢？好像一尺长的木棒，每天去掉一寸，没有几天就去完了。类似这种感叹人生苦短的诗句，我们已经阅读过很多，年轻的时候也许不以为然，到了后半生，须臾老暮的感觉便越来越逼人了。

"岂知书剑老风尘"，出自唐代高适《人日寄杜二拾遗》一诗。我国传统以正月初七为"人日"，有"此日天气清明，则人生繁衍"的说法。高适与杜甫交游多年，他任彭州刺史时，人日这天怀念漂泊生涯中的杜甫，写道："今年人日空相忆，明年人日知何处？"其时因安史之乱，国家处于动荡不安之中，友人相忆，而不能相见，明年此日又谁知人在何处呢？诗句既饱含着深切的友情，又流露了人生契阔、行踪无定的惆怅。接下来两句又写道："一卧东山三十春，岂知书剑老风尘！"高适回忆起自己有过渔樵隐逸的

生世馀几何

年华，并以谢安卧隐东山自比，然而壮志难酬，书剑未展，转眼已经衰老在宦海风尘中，这是诗人直触心灵、更为深沉的感喟。

“昨日老于前日，去年春似今年。”两句六言诗，由友人惜别而引起岁月流逝的感触，出自白居易《临都驿答梦得》。同义的著名诗句，还有岑参写的“今年花似去年好，去年人到今年老”，刘希夷写的“年年岁岁花相似，岁岁年年人不同”，诗人们总也写不尽这种人世间的长叹。

又见现代作家梁实秋有《秋室杂文·谈时间》一文，写道：

> 时光不断地在流转，任谁也不能攀住它停留片刻。“逝者如斯夫，不舍昼夜！”我们每天撕一张日历，日历越来越薄，快要撕完的时候便不免矍然以惊，惊的是又临岁晚。假使我们把几十页日历装为合订本，那便象征我们的全部生命，我们一页一页地往下扯，该是什么样

岂知书剑老风尘

> 的滋味呢？“冬天一到，春天还会远吗？”可是你一共能看见几次冬尽春来呢？

梁实秋说了上面这段话之后，接着又道：“不可挽住的就让它去吧！问题在，我们尚能掌握的尚未逝去的时间，如何去打发它。”是“人为财死”、以心为形役呢？还是立功立德立言，以求不朽呢？还是遁迹山林，享受清风明月，或者像《传灯录》中的陆亘那样“寸丝不挂”，参究生死、直超三界呢？梁实秋结论说：“这大主意需要自己拿。”

笔者以为，梁先生的结论并不正确。一个人的归宿，不是自己拿主意的问题，从客观上说是时势境遇所使然，从主观上说是一生中修养磨淬的结果。

大家都爱读苏轼的诗文，其实更应该读读他的生涯。苏东坡可以说是千百年来我们这世上的一个人生的楷模。他曾经参与

昨日老于前日　去年春似今年

国家大政，却卷入了朋党之争，因“乌台诗案”进过监狱，贬到黄州，后来更被贬到边远荒凉的海南儋州。历史上许多人流放到那种远恶的地方，都经受不住身心的苦煎，东坡却能持一种淡定乐观的情愫，诗中写道：“日啖荔枝三百颗，不辞长作岭南人。”“九死南荒吾不恨，兹游奇绝冠平生。”更为有趣的一件佚事，是“东坡海南食蚝”。据明代陆树声的《清暑笔谈》记述，东坡在海南吃了那里的牡蛎，味道很美，写信给儿子苏过，让他别将此事透露给京城官员，怕他们都争着来海南吃牡蛎，美味就不能独享了。这封信写得如此幽默，苦中得趣的情态跃然于纸上，成了一则千古佳话。

佛印是宋代闻名的禅师，与东坡为道友。《醒世恒言》第十二卷曾说：“佛印时时把佛理晓悟东坡，东坡渐渐信心。后来东坡临终不乱，相传已证正果，至今人犹唤为坡仙，多得佛印点化之力。”这虽是小说中语，并非凭空而来。传世有《佛印与东坡柬》

写道：

> 子瞻中大科，登金门，上玉堂，远放寂寞之滨，权臣忌子瞻为宰相耳。人生世间，如白驹之过驹，二三十年功名富贵，转盼成空，何不一笔勾销，寻取自家本来面目？子瞻胸中有万卷书，笔下无一点尘，到这地位，不知性命所在，一世聪明，要做甚么？三世佛只是个有血性的汉子，子瞻善能承当，把二三十年功名富贵贱如泥土，努力向前，珍重珍重。

如果读者诸君，有喜欢佛印这番话的，不妨用作座右铭，努力向前，珍重珍重。

九〇　不解养生偏得寿

俞樾集古碑字的对联中，有一联云："不解养生偏得寿，颇思离世乃成名。"上联说，不懂得养生的人，偏偏能长寿；下联说，想超脱尘世，无心于功名，却成了名人。

这副对联，文字形式很工整，上下联的内容却是各有所指。上联可取；而下联，现在看来尤其不通。而今人才济济，文武双全者甚多，要想进入名人那个阶层，必得使出浑身解数，必得削尖脑袋硬往上挤。而且传媒空前发达，炒作包装已成产业，出名必靠传媒、靠炒作、靠包装，即便是硕学高士，不被包装，不获大奖，如何成名？先前时代，确曾有淡泊功名的隐士能够芳名垂世，现在社会中绝无这种可能了。

"不解养生偏得寿"一语，是真谛所在，真朴之言。现在的人们，似乎比以往任何时代都更加重视养生，传授养生的江湖人士也多了起来，各种养生的奇方异术层出不穷。其实，真正长寿的人，未必有什么妙道，大多是顺其自然，并不需要刻意养生。正如

不解养生偏得寿

《黄帝内经》所说，上古之人，“法于阴阳，和于术数，起居有常，不妄劳作”，这就是说一切合于自然状态，所以他们能够“形与神俱，而尽终其年，度百岁乃去”。

据俞樾《春在堂随笔》记述，李闯王之先锋李赤足，年以百外，面如树皮，问他有何养生之术，他答曰：“人之生死，犹如孩童放风筝，放之则长生，收之则立死。我所以能享年，好比是断线风筝，随风而去，放风筝的人也不知我哪儿去了。”他说的“随风而去”，就是任其自然。

关于人的寿命问题，也有一些不同观点。譬如，周作人《杂论琐谈》一书中，记载日本兼好法师的言论说：

> 遍观有生，唯人最长生。蜉蝣及夕而死，夏蝉不知春秋。倘若优游度日，则一岁的光阴也就很是长闲了。如不知厌足，那么虽过千年也不过一夜的梦吧。在不能

如南山之寿

> 常住的世间,活到老丑,有什么意思?“寿则多辱。”即使长命,在四十以内死了,最为得体。过了这个年纪,便将忘记自己的老丑,想在人群中胡混,到了暮年还爱恋子孙,希冀长寿得见他们的繁荣;执着人生,私欲益深,人情物理都不复了解,至可叹息。

这位和尚的话,虽然大有哲理,似乎不近人情,因为大多数人还是很想长寿的。读梁实秋《年龄》一文,可知胡适曾经遇过一宗尴尬事,那是在台北某次欢宴中,胡适见到长他十几岁的齐如山先生,没话找话说:“齐先生,我看你活到九十岁决无问题。”齐先生说:“我倒有个故事,有一位矍铄老叟,人家恭维他可以活到一百岁,老叟忿然作色说:‘我又不吃你的饭,你为什么限制我的寿数?’”胡适急忙道歉:“我说错了话。”由此可知,像齐如山那样的老人,对于年寿的期望值极高,虽然他后来也就活到八十七

安乐寿考

饮且食兮寿而康

岁，而当时说他能活到一百岁他也不会满意的，所以，传统的祝祷语便说“寿比南山”。

白文印“如南山之寿”，语出《诗经·小雅》，诗云：“如月之恒，如日之升，如南山之寿，不骞不崩。”

白文“安乐寿考”，朱文“饮且食兮寿而康”，为对章。“饮且食兮寿而康”，语出韩愈《送李愿归盘谷序》，其歌词中写道：“饮且食兮寿而康，无不足兮奚所望？”意思是：可饮美酒，可食美味，长寿身康，无不满足，还有别的什么奢望的呢？

但愿宇宙清平，人民寿考。

九一　毛锥故纸，聊慰生平

毛锥，是写字的毛笔；故纸，即旧纸，亦指古旧书籍、册页、文稿资料之类。“毛锥故纸，聊慰生平”，可以说是概括地表述了许多文化人的生存状态，或写字，或作画，或读书，或撰文，总之是埋头于笔墨纸堆中，以此来打发年华和抚慰人生。这种文化生涯，并不就是消极颓废的态度，更多的时候则是，在静默中的思想深进，在淡泊中的生命飞跃。

“言，心声也；书，心画也。”以诗书画寄托心灵，是自古以来的精神文化传统。中国古人论艺，称为“以形写神”，又有道是“外师造化，中得心源”，诗书画以意境为上，以风神气韵为灵魂。苏东坡说：“我书意造本无法，点画信手烦难求。”他的书法重于内在意境，随意之间并不在乎什么规矩，并不去研究一笔一画的写法。陆游也曾在诗中自论其书法说：“虽无古人法，简拙自一家。”

陆游这两句诗，出自《斋中杂题》，这篇古风饶有趣味，且录如下：

毛锥故纸 聊慰生平

西窗日过中，饥坐生眼花。援笔课小诗，墨燥字倾斜。须臾忽满纸，翩翩若风鸦。虽无古人法，简拙自一家。乃知雨漏壁，未愧锥画沙。俄报豆饭熟，投笔喜莫涯。呼童拾涧薪，试我家山茶。

诗从午时待饭写起，肚饿眼花，饭还未熟，此时只好提笔写字来消磨时光；不大工夫写满一纸，那些随意挥洒的墨字，就像风中翩翩飞舞的鸦雀一般。这样随意写来，便超脱了古人的书法传统，简淡拙朴，自成一家。接着写到“雨漏壁”（即“屋漏痕”）与“锥画沙”，都是书法用语，比喻运用了潇洒自如的藏锋笔法。正在兴致淋漓挥毫之时，闻报豆饭已熟，收起笔墨，喜不自禁，于是呼人拾柴，还要烹一壶山茶，品味一番才能尽兴啊！

陆游这位爱国诗人，处在疆土沦丧与人民受难于铁蹄之时，写作了大量的慷慨悲歌，表达他抗击侵凌、收复失地的理想；报

借书传画

我书意造本无法

国无门，理想成空，更使他的诗词中有着宣泄不尽的感时伤世的愁思。纵观他的作品，豪壮之语固然较多，却也有不少游历山水和闲适幽居的内容，那是他以另一种形态消解心中的不平。《斋中杂题》诗句浅显清新，写的是日常生活，实际是他无奈中消遣岁月的写照，因等待开饭而以书法消闲，无疑也是“毛锥故纸，聊慰生平”而已。

中国的诗书画，是融然难分的一体艺术。明清两代以来，画上题字题诗成为风气，书画合璧大可增强艺术美感。譬如郑板桥，是大家仰慕的一位诗书画全才，他画兰竹，多有题诗，不仅诗句新异，而且书法以隶楷参半，独具一格，他本人也格外看重其题款，因而钤印曰：“借书传画”。

常常看到我们当代的绘画作品，题款大多不成样子，画家善书者少了，能诗者更为罕见，“借书传画”的传统应该终止了。书法在当下确是一派繁荣的景况，却也有不少江湖卖艺者混杂于

虽无古人法 简拙自一家

其中。当代书画家由于种种原因，很少能够具备前人那种深厚的文化修养，因此，常常把“意造本无法”、“虽无古人法”这些艺术格言，和“创新”、“超越”、“时代感”之类词汇混为一谈，变成了拙劣作品的遮羞布。书画市场目前的繁盛，只能是热闹一阵子罢了，没有办法与前代的艺术成就相比。如果现在还有人甘于寂寞，沉溺在毛锥故纸中，默默苦作而“聊慰生平”，他们的作品倒可能是有价值的，或许是可以传世的。

九二　物常聚于所好

以上“读印随笔”，小文已逾九十篇，到此也该辍笔了。归纳我收藏印章的体会，只是两条：一要懂得，二要爱好。要懂得一点艺术，要有审美眼光，要有鉴赏能力，不一定要十分懂得，眼光和能力有五六分也就够了，遇到难题再学习、再研究、再提高。爱好则必须要十分，只有十分的爱好，才能有良好的收获。

“非曰能之，性之所好”这句话，侧重于说爱好，对于艺术的爱好往往出于天性。但在《论语》中有一种说法，更强调学习。孔子问他的弟子有什么本领能够运用，公西华回答说：“非曰能之，愿学焉。”意思是：不敢说会做，但愿意学习。在艺术品收藏这个行当中，“性之所好”很重要，“愿学焉”也很重要。既然爱好，就要钻进去学习，不要自以为是，也不要以为专家说的都正确，见识从学习中得来，愿意学习就好。

“至宝不雕琢”，原是韩愈的诗句。最珍贵的宝物应当保持其自然之美，不需要故意去雕琢造作。这是一个审美原则，但不能

物常聚于所好

作简单的理解，并不是说宝物就必须是原始状态。“玉不琢，不成器”，不雕刻哪能有印章？虽然经过雕琢，却不失其自然之美，从艺术家手上诞生的作品，却如同天然宝物一般，好像并没有故意雕琢的痕迹，这才叫“至宝不雕琢”。

“行云流水”，常常用来比喻诗文写作，所谓“文贵天成”，文笔好像飘动的云、流动的水，给人以一种纯任自然的美感。艺术高超的篆刻作品，也如同行云流水一样，结字自然，方圆随和，不留“雕削取巧”的痕迹。

懂得艺术，就是能看出艺术品内含的自然之美。凡是赝品，必定有生硬做作的痕迹，伪饰的东西必定是不自然的。有些东西看上去似乎好看，但它只具有外在的人工之巧，而缺少内在的自然之美，那一定就是赝品。当我们具备了应有的文化艺术修养的时候，能够懂得什么叫“至宝不雕琢”，什么叫“行云流水”，真品与赝品大概就不难分辨了。

非曰能之 性之所好

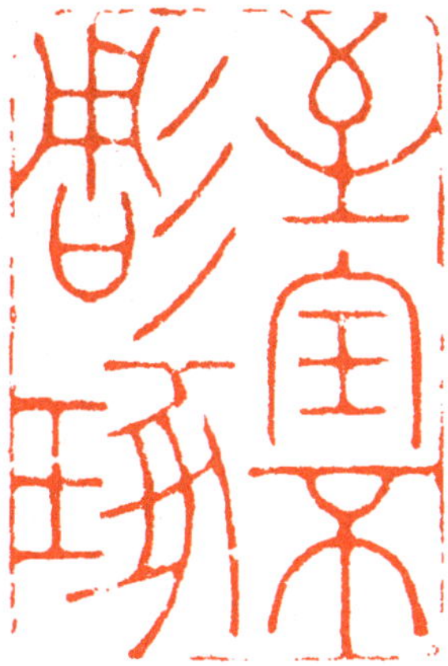

至宝不雕琢

历史上许多著名文学家，都有文物收藏的爱好。“物常聚于所好”，就是宋代文学家欧阳修的话。欧阳修有一个嗜好，就是聚藏古代的金石碑刻，而对于世人所贪求的金玉珠宝之类，他完全不想，因而他自称“性颛而好古”。“颛”与“专”同音，“性颛”意谓朴实、愚钝，似乎是自谦语，其实恰恰是在“性颛而好古”一语中，流露着欧阳修对于文物研究的专注和执着精神。他说：“物常聚于所好，而常得于有力之强。”又说：“好之已笃，则力虽不足，犹能致之。”宝物虽然常常被实力优越的人所取得，而对于爱好很深的人来说，即使实力不足，他只要专心搜求，也会有机会得到的。

欧阳修把所搜集的鼎彝、石刻、碑版、篆籀资料，编成《集古录》一书，并撰写了序文。这篇序文最后写道：“或者会有人讥笑我说：‘宝物众多，势必难以搜集，聚藏又不可能持久，将来还要流散，何必非要固执地去做这样的事呢？’我回答说：‘只是满足

行云流水

我的嗜好，让我爱玩到老就可以了！’”

他这一句话的原文是：“足吾所好，玩而老焉可也。”

女词人李清照在《金石录后序》文中，也给我们留下了同样的名言：“有有必有无，有聚必有散，乃理之常。人亡弓，人得弓，又何足道！”

提到李清照其人，又不能不想到其词。恰值甲午岁杪，乙未春前，腊梅初绽，姑且从易安词中抄录几句，作为我的随笔的结尾吧——

红酥肯放琼包碎，探得南枝开遍未？
不知蕴藉几多香，但见包藏无限意。

图书在版编目（CIP）数据

读印随笔／寓真著．--太原：三晋出版社，2015.8
ISBN 978-7-5457-1155-4

Ⅰ．①读… Ⅱ．①寓… Ⅲ．①随笔－作品集－中国－当代 Ⅳ．①I267.1

中国版本图书馆CIP数据核字（2015）第216090号

读印随笔

著　　者：寓　真
责任编辑：冯　岩
责任印制：李佳音
出 版 者：山西出版传媒集团·三晋出版社（原山西古籍出版社）
地　　址：太原市建设南路21号
邮　　编：030012
电　　话：0351-4922268（发行中心）
0351-4956036（综合办）
0351-4922203（印制部）
E-mail：sj@sxpmg.com
网　　址：http://www.sjcbs.cn
经 销 者：新华书店
承 印 者：山西臣功印刷包装有限公司
开　　本：850mm×1168mm　1/32
印　　张：11
字　　数：150千字
版　　次：2015年9月 第1版
印　　次：2015年9月 第1次印刷
书　　号：ISBN 978-7-5457-1155-4
定　　价：30.00元